吉本隆明の下町の愉しみ

日々を味わう贅沢

吉

青春新書
INTELLIGENCE

目次

吉本隆明の下町の愉しみ

四季の愉しみ

知り合いの転勤のあとの持ち家を、留守番がてら、ほとんど無料にひとしい家賃で二年ほど借りて住んだ。上野松坂屋の裏手にあたる場所で、こんなしもた家ふうの住居があるのが不思議だとおもうようないい家屋だった。

すぐに賑《にぎ》やかな通りにも、公園にも出られるのに閑《しず》かなたたずまいの家で、愉《たの》しいので、子どもを抱いたり手を引いたりして、毎日のように夕食をすませると賑やかな通りに出歩いた。

冬の季節からはじめると、子どもを間に坐らせて夫婦で澤の鶴の熱いのを小さな居酒屋ふうの店で呑《の》んだ。子どもは退屈さと物珍らしさとが混じった眼で、主人の手つきや客のお喋言《しゃべ》りを聞いている。

いい教育とは思わなかったが、こんな小さいときから酒呑みの雰囲気や、両親の呑みっ振りを知っていたら、成長してぐれることはあるまいと、虫のいい勝手な解釈をしては、いつも子ども連れで飲み屋さんに入った。店の人が気を利《き》かして、子どもにつまみのせんべいなど出してくれることもある。

まだ若かった不良の親は、たいへんこの生活が満足だった。

通りへ出るとすぐ盛り場、公園の緑も池もあるといったこんな界隈《わい》に住めたらいいなとつく〴〵思ったが、それは遠い夢のように空

想のなかだけで膨《ふく》らんでゆく。

そのころテレビドラマの主題歌で「すすきの原に銀の波　夜風が身に沁《し》みる　星空に故郷《ふるさと》は遠い夢だよ」というのが流行《はや》っていたが、ああ、これだ、これだと口誦《くちずさ》んでみるのが精一ぱいだった。

でも、上野公園を心象風景の中心にして、それほど遠く離れないできたせいで、春になると花見に集まる場所も、定まっている。谷《や》中天王寺《なかてんのうじ》の墓地の真ん中を天王寺の門のところへ行く途中の市川團藏の墓のあたりか、もうひとつ奥の路《みち》の途中だ。

それはかなり愉しいことで、四月の何日にあの辺でわいわいやってるからな、でわかって通じてしまう。知らない人が必ずといっていいほど人伝《ひとづ》てに臨機に参加している。

はじめは家族と親しい友人の家族くらいだったのに、いまは子どもたちの知人友人も加わって何十人ということになった。そして子どもたちが主役でわたしたちは年齢とともに脇にまわるようになった。これもいいことだ。

冷夏が二年くらい續《つづ》いたときがあった。一度は不忍池の蓮《はす》の葉っぱが立ち枯れてこれはほんとに農作物に影響があるだろうなと思った。

しかし終りころ四、五日かん〳〵照りの日が續くと、みるみる蓮の葉っぱがいつも通りに近く成長しはじめた。わたしは、これは大丈夫だと思った。新聞などは、農作物の不順を書き立てていたが、わたしは大丈夫、平年並に行くと思った。

そしてわたしの予想の方が当った感じだった。

もう一度は不忍池の蓮がもう充分に葉をひろげた後で、冷たく不順の天候が續いた。わたしはこのときも何となく大丈夫なはずだと思った。このときも自分の予想の方が新聞より当っていた。

これらには確かな根拠があるわけではないが、不忍池の蓮の葉の茂り具合をみていると、それが農作物にも、遠い地域にも通用してくるような気がするのだ。長年の馴染《なじみ》が、蓮の茂りが何にでも通用するようなひいき目を与えるのだと思った。

不忍池の蓮の葉と、谷中墓地の猫ぢゃらし（エノコロ草）とは、わたしにとっては農作物の順、不順の目安にされてしまっている。

そして　よく茂って房々《ふさふさ》した猫ぢゃらしを自転車の後ろ台に挟んで帰り、猫をからかうのは愉しい。そしてこれも夏ごとに茂り具合はそれぞれ違っており、猫たちの関心も異なる。

最後にもう一度、冬から早春にかえってみる。

不忍池には冬の訪れとともに、水鳥の種類が集うようになってやや久しい。

わたしはスーパーからポップ・コーンの袋を買って不忍池の水鳥たちに撒《ま》くのが好きだ。早いもの勝ちで、すばしこい鳥はいつもたらふく喰《た》べ、遅いのはいつも喰べそこなっている気がするので、満遍なく行き渡らせようと八方に気をくばっているうちに、すぐポップ・コーンひと袋はなくなってしまう。

水鳥がポップ・コーンをわれ先についばむ様は、手を縛られて喰べ物を漁《あさ》っている姿にみえて親しさと憐《あわ》れさがわいてきて、何ともいえない気持ちにさせられる。

わたしは池の水鳥の群れが、ある水のぬるむような早春の日に忽《こつ》然《ぜん》といなくなり、あとには生れたての鳥やどこかが悪いのか飛び立たずにのこっている寂しい気分が好きだ。昨日まで池水のなかや公園の路にあふれていた鳥たちが、不可思議な誘いにのったように、今日はいなくなってしまう。

どれだけの距離を渡っていくのだろうか。来年も戻ってくる鳥はどのくらいいるのだろうか。

季節は魔法のように移る。

上野のかたつむり

丁度、亡くなった女流作家大原富枝さんの遺著ともいうべき伝記作品『牧野富太郎』を贈っていただいたところだったので、上野、谷中墓地のかたつむりのことを思い出した。

独学の大植物学者牧野富太郎の墓は上野谷中墓地にある。なぜそんなことを知ったのか。もう二十数年前のことになる。

墓石のあいだを縫《ぬ》うようにして墓地をＪＲ日暮里駅の入口に出よ

うとすると、見ず知らずの墓石を、いわば土足で乗り越えないと敷石のある墓道を駅口に出られない境界がある。言ってみれば墓と墓のあいだに空《す》き間がないのだ。

それで駅口に出られる場所をもとめてうろうろ探しているうちに、偶然牧野富太郎の墓の所に出くわした。

ああこれが独学のため、なかなか官学の教授職にめぐまれなかった大植物学者の墓かと、感慨しばらくそこに佇《た》っていた。だが佇ってその辺りを去らなかった理由がほかにもあった。その方が主だったと言ってもいい。

牧野富太郎の墓やそのまわりの墓の墓石や石造りの壁塀のところに、素晴らしく大きい、きれいなかたつむりが、目立つほどの数で這《は》ったり、上ったりしていた。

わたしは谷中墓地や上野の山上の公園で、そこ以外にかたつむりの群れを見たことはなかった。眼につくかぎりのかたつむりを採って家に持ちかえり、ちっぽけなわが家の庭に放した。

記憶をたどってみても、それは午前中の晴れた日差しだったが、とくに雨上りということでもなかった。ただ「あした露おく野のしじまに」というアニイ・ローリイの歌の文句のように墓地のその辺りは露の気配がする五月初旬だったとおもう。

翌日の午前も何年ぶりかでかたつむりに出あった興奮が醒《さ》めず、また谷中墓地の牧野富太郎の墓のあたりに行ってみたが、昨日よりも少ない数がいるだけだった。

わたしはかたつむりの習性などまったく知らないが、どんな条件でふって湧いたように発生し、どこへ消えてしまうのか、一向にわからない。

わが家の小庭に放したかたつむりも、湿気さえ与えておけば、しばらくは居るか、もしかすると来年もまた五月になると出てくるかな、とかすかに期待したりしたが、二、三日のうちに跡かたもなく、どこかへ這っていってしまった。

少しがっかりしたが、子どものころ以来の、人指し指でちょいと触れると角を引っこめて、またしばらくすると角を出すかたつむりの珍らしい習性が嬉しくてならなかった。また来年の五月ごろ、できれば雨上りの午前に、あの牧野富太郎の墓のあたりに行けばいいさ、あそこにかたつむりが沢山あらわれることは、おれだけしか知らないだろうと少しいい気持ちだった。

けれど翌年の五月だけは、またわが家の小庭にかたつむりを放す

ことができたが、そのあとはふっつりと居なくなった。何故だろう？　かたつむりの習性を知らないし、調べる好奇心ももたないくせに、牧野富太郎の墓あたりに、その後も行ってみたが、かたつむりの姿に出あわなかった。

わたしがいちばん原因らしいと判断したのは、殺虫剤の噴霧《ふんむ》ではないかということだった。蚊《か》の発生やその他の害虫駆除のためか、あの墓地に噴霧車がやってきて、噴霧するところを見たことがある。たしかに墓石のあいだをふら〳〵歩いても、蚊にくわれることはなくなった。その代りにバッタやイナゴやトンボもめっきり少なくなった。かたつむりもそのせいではないかと思ったのだ。

わたしがひそかに上野谷中・天王寺墓地の名物だと独りぎめしていたかたつむりは、とう〳〵絶滅したとしか思えなくなってしまった。

日本には南方《みなかた》熊楠《くまぐす》とか牧野富太郎とか、独学の植物学者の巨匠がいる。わたしなどが多大の影響と恩恵をうけた哲学者であり、言語学者だった三浦つとむも独学の巨匠だった。

大原富枝さんが牧野富太郎の伝記をのこしたのも、郷土をおなじくするこの巨匠への共感に促されたからに違いない。

お蔭でわたしは、軟らかい胴体の先に可愛い角と目玉をつけた上野谷中のかたつむりを思い出して書き記すことができた。

精養軒のビア・ガーデン

　いま、上野の夏で一番好きで印象ぶかい風景はと訊《たず》ねられたら、精養軒の屋上で七月ごろから開店されるビア・ガーデンから、生ビールを傾けながら眺める不忍池の夕ぐれだと答えるとおもう。

　すこし詳しく言うと、動物園とつづきの池水の方で、蓮の葉の青々と茂った方ではない。一度だけ弁天堂から渡り廊《ろう》を通って知り合いから案内されたことがある。その寺院風のお堂の前景になっている池だ。

もう不忍池の水鳥たちは渡っていってしまったのに、水上動物園に残っているかもの類が、暗くなりかけた日没の池水に、静かな水紋を立てながら泳いでいる。そうかとおもうと、半ば眠っているのか、池水に浮いたままじっとしている。中洲のところに上って休んでいる鳥もいる。

視線を少し上げると、駒込台よりもっと遠景に、池袋のサンシャインビルやその續きの建物が見える。左の方に視線をやると弁天堂の向こうに青々とした蓮池がひろがっている。

夜の闇に変るまでの束の間の光景といえば果敢《はか》ないが、何ともいえないほど魅力的だ。こんな静かないい風情を、ビア・ガーデンの金網越しに生ビールを飲みながら見られるのかとおもうとたまらない気がしてくる。

こんな上野はたぶんここからの、この時刻でなければお目にかかれないと思う。上野に慣れた人と行ったことはないが、友人たちとは会合のあとによく立ち寄った。


今年もまた是非とも提灯の列が並んだあの精養軒の屋上から、渡りをやめたかもたちが、静かな水紋をひろげる黄昏《たそがれ》どきの光景に出遭いたいものだと考えはじめた。呑み助で、あの綺麗《きれい》な日没まえに出遭いたい願いさえあれば、誰にでもあの光景は見られるはずだ。

ただ視力が減ってしまった本年は、素直に水鳥たちの黒い影が、眼にとび込んできてくれるかどうか少し不安だ。

そしてもう一つ気がかりになっていることがある。いずれもわた

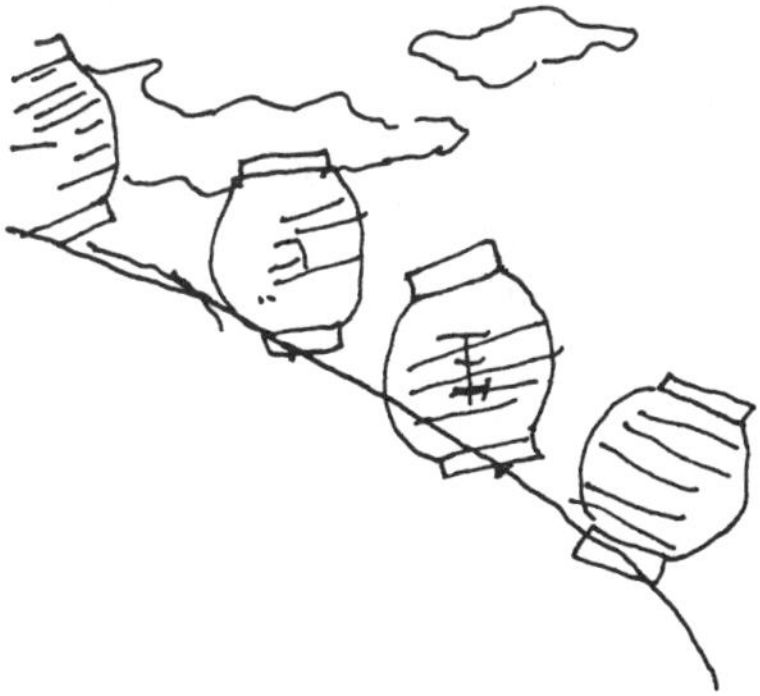

しやわが友たちが老齢になったことの象徴なのだが、本年四月初めごろ、永い間音信不通だった知人が、不忍池で溺死《できし》したという友人からの知らせがあり愕然《がくぜん》とした。

電話の向うで喋言《しゃべ》っている友人に、どの辺りで溺れたのか、くわしく尋ねた。友人は不忍池を知らない。わたしはよく知っているつもりだから、説明を聞くだけで位置がわかると思った。

死んだ知人はその友人と二人で上野公園でお花見をして、ほろ酔いのまま、一人で不忍池のほとりを散歩するといって、その友人と別れたあとだという。

わたしはさま〴〵な疑問につきまとわれた。

場所は弁天堂の裏から不忍池の中路へかかる辺りだと、電話からは推測された。

あんな浅いところで溺死するだろうか？　もしかすると自死ではあるまいか？　その他疑問はさま〴〵に沸《わ》いてきた。

わたしは、もうその知人と何十年と会っていなかった。どうして現在を過ごしているのかも知らなかった。しかし溺死ということと、不忍池ということは、二つとも心に重くのしかかった。

わたしも数年前、慣れきった海で溺れて死にかかった。顧みると、もう遠浅の岸まで十メートル位まで泳いで気を失った。背丈が立ちそうなところまで来た挙句のことだったから、知人が弁天堂の裏のあたりで溺死することだってありうるわけだ。

知人はペンネームで大衆向けの小説を書くようになって、活発に活動中だったと聞いた。空白の歳月は想定したような不幸な生活ではなかったらしい。それを聞いて自死ではないと思われ、そこだけ安堵《あんど》の気持ちになった。

けれどやがてもうすぐ例年のように始まるだろう精養軒の屋上のビア・ガーデンには、小さい花束でも花屋さんに造ってもらって、それをもって静かな水鳥の影と水紋を見るために出掛け、帰りがけに弁天堂の裏のあたりで、花束を投げ入れたいと思うのだ。

今年の夏はもう始まっていると思う。

天気予報はまだ梅雨明けを東京地方で宣言していないとおもうが、七月一日に真夏のような日差しになり、遠くで雷の鳴る音がしていた。續いて三日の日も真夏の日差しで、遠雷が轟《とどろ》いていた。今日七月四日は午後から夕立が激しく降り、雷が例年にない激しさで界隈を騒がせ、稲光《いなびかり》を発した。

子どものときから言い聞かされていたところでは、〈雷が鳴ると梅雨明け〉だ。

今でもそう思っているから、駒込台や不忍池附近の低地での梅雨明けは、七月一日ということにしようと思う。

ある夏の食事日記（抄）

八月七日（木）

いつもの夏とおなじに、伊豆の西海岸土肥《とい》にきている。だが泳ぐと思い込み、公言していたようには、脚力が回復していない。杖をたよりに海岸の砂地と水際《みずぎわ》の境い目をぶら〳〵散歩し、くたびれるとビーチ・パラソルの日陰で寝ころんだり、喋《しゃべ》言ったり、海と人の群れを眺めたりして、ぼんやり日を過ごしている。

脚が思うように動いてくれないことが、苛立たしく、口惜しいが、俄《にわか》身障者となってはじめてこれは忍耐心の問題だなとわかる。

身障者は明るくも暗くもなれない領域にじっと我慢しながら、さりげない表情でいなくてはならないにちがいない。人間は暗いうちは亡びない、明るいのは亡びの姿だという太宰治の『右大臣実朝《うだいじんさねとも》』のセリフが思いうかぶ。

誰かが美味《おい》しいぞと言うのに誘われて、海岸沿いの路を自転車に乗って、フェリー・ポートにある休憩所兼食堂まで出かける。

何が美味しいのかというと「づけ丼」という代物だ。中味は醤油《しょうゆ》づけの「カツオ」と「トンポマグロ」（ビンチョウマグロ）を丼のご飯の上にぶつ切りみたいにしてのせ、たぶん味醂《みりん》と醤油と何かかくし味を加えたタレを上からかけたもの。「カニ」の味噌汁椀がつき、小さな椀の茶づけのおなじ具のものが、新香と一緒についている。この一セットが長方形のお盆にのせられて一人前になっている。もちろん「カツオ」の生フレーク「づけ」だけ、「トンポマグロ」の生フレークだけの「づけ」丼というのもある。おなじ言い方でいえば、わたしが土肥のフェリー・ポートの休憩所の二階の食堂で喰べたのは、ミックスの「づけ」丼ということになる。

とびきり美味しかった。ちょっと次元のちがう腕をもった料理人がかんがえ出したものにおもわれた。

何をかんがえ出したかといえば、漁師たちの「カツオ」や「マグロ」のぶつ切りをのせて醬油をぶっかけた即製丼飯を、一品の料理にまでもっていったところだ。工夫はかける醬油と味醂と何かかくし味の見事な甘味を帯びた味加減、その適切な濃さと量にあるとお

もえる。
「カニ」の味噌汁も新鮮な「カツオ」といい味噌を惜しみなく使っている。
わたしにとってこの夏の土肥海岸での大いなる収穫だった。

八月十日（日）
海から帰り、生活のリズムが、もとの日常にやっと復した。その標識は昼食に「うどん」を喰《た》べる習慣が蘇《よみがえ》ったことだ。わたしが炊事していたときから「マンネリ・うどん」と子どもたちはからかっていた。いまは子どもが、この「マンネリ・うどん」を作ってくれる。
お蔭でこのごろは、うどんの味がすこしわかるようになった。

ついでに言ってみると、いま百貨店やスーパーに出まわっている「うどん」で美味しいのは、秋田の「稲庭《いなにわ》うどん（並製）」、宮城白《しろ》石《いし》の「温麺」、関東では「手振りうどん」ということになる。京都の「京うどん」、四国の「さぬきうどん」は味が落ちる。

もちろんこれはわたしの茹《ゆ》で方、だしの造り方でという限定で、しかもじぶん好みの味でという保留をつけなくては公正を欠く。「稲庭うどん」は柔かく滑るような感じで、特色がないと言いたいところだが、長く喰べているとやはりこれかなという感じになる。文芸雑誌にもこういうことがある。

白石の「温麺」は短いザン切りというほか味も素っ気もないようにおもえるが、茹で上りの歯触《ざわ》りまできて、やはり捨て難いなという何かがある。

関東の「手振りうどん」は美味しさということに大衆性の要素を加えると、いまいちばん美味しい気がする。「京うどん」や「さぬきうどん」は老舗《しにせ》の油断というところかもね。

八月三十日（土）

もうひとつ日常生活への復調の象徴が食生活で測れるとすれば、仕方なしの二食制だ。仕事はまだ半分ほどしか軌道にのせていないが、寝る時間がおそくなり、くたびれてくると、それにつれて朝がおそくなる。いくら頑張っても朝食と昼食が兼用になった昼食になる。そしてこの昼食が「うどん」ということで決まれば、完全な日常性の恢復《かいふく》を意味している。

ただちょっと言いたいことをいってみたくなったが、わたしたちが、社会のなかで無事平穏だということを保証しているのは、食事（と、もしかすると衣裳）の日常性だという気がする。

そんなところから言えば、わたしの二食制はすでに平穏からの逸《いっ》脱《だっ》の兆候だといえなくはない。

もうひとつの逸脱の兆候は、レストラン、簡易食堂、小料理屋での食事がおおくなったことだ。もっと範囲をひろげて駅の立喰いカウンターの「そば・うどん」や「カレーライス」を利用して済ますことなども、機会がおおくなった。わたしだけでなく一般的にそんな気がする。

日常生活という概念は、非日常生活という概念とのあいだの区別や境界をなくしてゆくのとおなじに、日常の食事生活と非日常の食事生活とが区別と境界をなくしてゆく。

ちゃんとした日常生活のおかず、たとえば「里芋」の煮ころがしとか「ホウレン草の白あえ」とか「肉じゃが」とか「煮まめ」とかがパックにつめて販《う》られるようになったかとおもうと、「野菜サンド」や「ハムサンド」や「カツサンド」がコーヒーや紅茶といっしょに、日常の食事として生活のなかに滲透《しんとう》している。

八月三十一日（日）
今日で上野精養軒の屋上ビア・ガーデンは終りだ。今年は一度もまだ行ってなかったと称して、細君と上の子どもは、夕方になっていそ〳〵と出かけた。
わたしは脚力がおぼつかなくて、遠慮して子どもが作った「おじや」と「和製ジャーマンポテト」と「梨」で夕食を済ます。

「和製ジャーマンポテト」というのは母親の家伝のおかずで、子どものときよく喰べた。何のことはない、「じゃが芋」と「玉ねぎ」の輪切りと「揚げ豆腐」とを少量の「植物油」を加えて「ソース」で煮たものだ。

これは「天ぷら」や「トンカツ」と「肉じゃが」との中間の味がして、子どものとき好きだった。母親の意図も安あがりで、そんな味を目指したにちがいない。わたしたちはただ嬉しがって喰べただけだった。

Ｏ《オー》１５７みたいな耐性菌で治療の難しい食中毒や抗生物質でケリがつく食中毒があるように、食欲中毒というのもある。わたしなどその食欲中毒だとおもう。食べものの欲望にうち克《か》つのが、何よりも難しいというのがその症状だ。

もちろん、快活な大食漢というのもあって、それは食欲中毒とは言えない。いわば健常な大食で、見ていると気持ちがいい。

また思春期のとくに女性におおい拒食症や過食症というのがある。これは一時的に発現する病的な症状だといえようが、食欲中毒ではない。誰でもむしゃくしゃしているときに矢鱈《やたら》に喰べたくなったり、食事が咽喉《のど》を通らなくなったりすることがあるのとおなじ延長線でかんがえられ、いわば精神の抗生物質の投与で治るものだ。

食欲中毒というのは、もっと持続性のもので、場合により遺伝子の問題に帰する、O157的で、なかなか治癒《ちゆ》が困難なものだ。

わたしの知っている精神科の医者などは、糖尿病というのは観察していると一種の精神の病ですね、と言っていた。

自転車哀歓

足腰と視力がままならなくなった昨今では、二百メートルくらいを境に、それを超えたところに行くのには、自転車にたよるしかない。

何度も転び、前の籠が歪《ゆが》んだ自転車の代りに、家人たちが新品の自転車を誕生祝いだといって贈ってくれた。今のところ乗り慣らしている。ペダルの重さにはなか〳〵馴染まず、新しい道は転び易《やす》い。

はじめの頃はいい気になって上野の盛り場くらいまで出かけ、帰りは足がきかなくなってペダルから足がすべってしまうと、山上の公園で芝生に寝ころんで空を見上げながら足を休め、また走るを繰り返して家にたどりついた。

もはやそれでも自転車がこげなくなると道路に片寄せておいて、家に電話をかけ、子どもに、自転車を取りに来てほしい、場所はどこそこの電話ボックスだと告げて、タクシーに自分だけ乗って帰るなどということが、度々あった。行きつけの薬屋さんにタクシーを呼んでもらい、自分は家に着いて、子どもに自転車を受けとりに行ってもらうこともあった。

こんな人騒がせのたびに、おれもとう〳〵こんなことになったかと沈み込んで、「自然には克《か》てません」という毛沢東の名言をつぶ

やきそうになった。

でも、ほんの少しこの名言にそむいて、今のじぶんをそそのかすところが残っている。年齢《とし》を喰ってからは自然に逆らわないとほんとの自然にならないのではないか、そう考えるようになったことだ。

だが一つだけ予想とちがったな、と思うことがこの点でもあった。道路は車道と歩行路とは段差がついている。また凹凸《おうとつ》もある。うかうかするとこれだけで自転車諸共《もろとも》に転んでしまう。すると転んだ場所は事故トラウマとして長い期間のこってしまう。

転んで起き上ったあとは、また自転車を走らせればいい筈《はず》だと思っていたが、それはちがった。転んだ場所の道路がイメージ上のトラウマになり、平坦なところでも架空の凹凸が重なって思えてくる。道路に想像上の凹凸が積み重なってしまい、そこを通るとまた転ぶのではないかという怖れが充ちてきて、自転車で通るのがおっくうになってゆくのだ。

わたしはじぶんを大ざっぱな人間だと思っているので、この実感（予感）の在り方に驚いた。たぶん自転車諸共転んでしまった姿があまりに不様《ぶざま》だと思い込んでいるからではなかろうか。そんな結論になった。

もう少し別の理由をあげると、眼があまり遠くまで利《き》かないので、いつも気配りをしながら自転車をこいでいるのがきついせいもあるのかもしれない。

この実感を延長すると、老齢になると足腰が痛むというのは、心構えの問題だと考えても、運動神経の不全と考えてもおなじだということになる。また心身症というのは身体の障害から発すると考えても精神の障害から発すると考えてもおなじだともいいうることになる。もっと拡大すると、老齢者の病気は運動性の不全が原因と考えても、内臓の不全と考えてもおなじではないかということにもなる。

ここまで拡大すると自転車に乗ることにはいいことはないことになりそうだ。しかしそうでもない体験もある。少し照れくさいのを我慢すればというのが付帯条件としてつきまとうが。

たまたま近所の中学校や女子高の下校時ごろに乗り合わせて、自転車のボディの下から足が抜けないで愚図《ぐず》〳〵していると、中学の男子生徒や女子高の生徒が「小父《おぢ》さん、大丈夫?」と近寄ってきて、身体と自転車のボディを起こしてくれることがとき〴〵あった。

はじめのうちは「小父さん」という聴《き》き慣れない呼ばれ方や「大丈夫?」といういたわりの言い方が引っかかって「おれのこと?」とか、「おれもそんな年齢になったのか?」と恥かしかったが、「たしかにそうとしか呼ばれようがないよな」という諦《あきら》めがついてからは「すいません」とか「有難う」と言えるようになった。

それと同時に「凶悪な少年犯罪」とか女子高生の「援助交際」とかの話題について意見を述《の》べたりすることがあるじぶんを自戒する気持ちがやってくるのが、いつものことだ。

わたしは少年の行為を一概に「凶悪」と決めつけたり、「援助交際」を大人の男のせいにせず、女子高生のせいに帰した言論はないつもりだが、知らず〳〵多数派扱いに誤認して論議している調子はある。

わたし自身が善いことよりも悪いことに関心が深いせいかもしれない。また出来るだけ善いことはせず（できず）、悪いことは、いつでもやりかねないと思い込んでいるせいもあるかもしれない。

小学校のとき授業もあまり好きでなかったが、それよりもきらいだったのは、誰かが月謝（授業料）を袋ごと失くしたりすると、先生が「盗んだものは正直に手をあげろ、謝れば許してあげる」などと言い、生徒はいやな思いでしーんと静まったまま續いている時間だった。

思わず「ぼくがやりました」と嘘を言い、そんな時間を早くやめさせたいと思うほどいやだった。そんな追及をするより、先生が身銭を切って黙っていればいいじゃないかと思った。

現在もテレビなどで主婦や娘さんの万引を監視し摘発する係を雇

い、品物を客がひょいと手《て》籠《かご》に入れるのを見つけて、別室へ呼び込んで品物を吐き出させる実景や、そんなドラマを映像でみていると、思わず「馬鹿！」と叫びたくなる。

けち〳〵せずに万引さしてやれと言いたい位だ。監視員を何人も雇う金があったら、そのほうがいいと思ってしまう。

万引など遊び心やスリル好きや病的なところが少しでも混じっている場合は、無理に摘発して犯罪者の思いを味わわせるべきではない。一場の笑い話にした方がいいにきまっている。

わたしも山形県の学校に通っていたころ、寮の悪童仲間が代わるがわる夜陰に乗じて、サクランボやリンゴを盗《と》りにゆき、寮生が一部屋に集って喰べたのを覚えている。

スリルが大部分で、サクランボは喰べすぎると下痢気味になり、リンゴは便秘気味になった。後から考えると悪いことしたもんだと思うが、行為自体は懐しさとしてしか残っていない。

スーパーやコンビニで面白半分、安い物品を万引しても、遊びが混じっていれば、ただそれだけだ。大マジメに摘発したら傷が残るだけで思い出にもなりはしない。愉しい年少時の離脱にもならない。

こんなことになる根本原因はどこにあるのだろうか。わたしの悪いくせで、それはタダで他人のものを失敬しようという図々しい万引行為があるからにきまっているさという一般的な判断よりも、自分のことは棚にあげて他人のことを非難する風潮がまかり通っているからだと言いたくなる。

でも、このわたしの判断の正当性が成り立つとすれば、わたし自身は自分を棚上げにして他人を非難することはないという前提と、行為の善し悪しを結果から判断しないことという前提がいる。

行為の善し悪しを結果から判断しないことは、自分では可成《かな》りできるような気がしている。でもこれは現在の法律の条項と可成り喰い違う判断になることが多い。

現在の法律が不完全だからだと思うことも多いが、おまえは自分の判断を正当だと思い込んで自分で当面したら出来もしないことを許容しているのだと言われたら考え込んでしまうことも多い。法学ではきっともっと深刻な論議をした挙句《あげく》にそれなりの結論に達しているに違いない。

わたしも屁理屈《へりくつ》はこれくらいにして個々の事柄によって判断をきめるが、今のところ原則はもてないとしておこう。

個々に起る事柄は原因になる動機、過程、重さ、結果が考慮の対象になると思う。

わたしのここでの万引論議は、動機と重さと過程と結果との綜合判断に依存していると称して、ごまかしの判断停止をしているに過ぎないとしておくことにしよう。


自転車と一緒に自分も転んでしまったころ、どうして身体も一緒に転ぶのか、しきりに考えた。

要するにのろまだからだということになって、転びそうになったとき身体だけ立てばいいじゃないかとおもったが、それは不可能だった。

ペダルに両足をかけたまま転んでしまい、咄嗟《とっさ》に足を地面につけて、車体だけ横倒しにしてしまうことができないのだ。そんな馬鹿気たことあるかと思ったが、どうしても身体と車体と一緒に倒れてしまう。身体だけ残して自転車だけ倒すということができないのだ。

それが出来るようになったのは、足腰がすこし良くなってからだ。ペダルに足をかけたまま転んでしまうというのは、足腰の動きが萎縮してしまうからで、咄嗟に手も足も身体から離して止ってしまうには、何よりも足腰が少し良くなったのが原因で、ペダルにおいた足先をす早く地面におきかえるかどうかの問題ではない。

これに気付いたとき、足腰が痛く動きが鈍くなったということは、相当重大なことだと了解した。それからあと、我流の下半身リハビリが本気になってきたのは確かだ。

じぶんでじぶんに問う以外に何の意味もないことが判るのがリハビリの本質なのだが、それでも本気になると継続できる。何のためにそんな夢中になるのだという自問自答が本格的になるのもそのころからだ。

自転車の乗りざま降りざまを観察している、通いなれた富士神社となりの薬局の御主人夫妻が、ずいぶん頑張ってますねと声をかけてくれたのもそのころだったような気がする。

そして何のためにそんな本気になるのだという自問自答に、まだ答えられないでいる。

でも山形県の学校の自治寮にいたころ、寮生で自転車ツアーを志すと、いつもふう〳〵いいながら自転車通学で鍛えた地方出身の寮生に追いつけなかった足腰の弱さは、いやというほど身に沁《し》みることになった。

自転車をこぐ力、転び方の巧みさ、咄嗟のハンドルさばき、これ

青春文庫

本当のあなたに出逢う

青春文庫

- 自分の中に毒を持て　生きる情熱を教えてくれる渾身のメッセージ!　岡本太郎　490円
- 知ってるだけで一目おかれる 日本の神様 世界の神様　常識として、日本人として知っておきたい神様が一冊に大集合　歴史の謎研究会［編］　600円
- けいおん!㊙白書　誰も知らない"放課後"のステージ裏　軽音楽部愛好会　630円
- 他人には聞けない 大人の「タブー」がわかる!　「知らなかった」では済まされない、さまざまな禁忌を大公開　知的生活追跡班［編］　620円
- 幕臣たちの誤算　彼らはなぜ維新を実現できなかったか　星 亮一　600円
- ここが一番おもしろい! 朝鮮王朝の王と女たち　韓流ドラマでは描かれなかった宮中の裏側を大解剖　水野俊平［解説］　670円
- 小学校6年間の「勉強」が90分で身につく本　国語、算数、理科、社会……知識の基本を一気におさらい!　話題の達人倶楽部［編］　650円
- ワクワクするほどおもしろい! 古代朝鮮を動かした英雄と女たち　歴史ドラマで描かれた英雄伝、エピソードの真実を徹底解明　韓国ドラマ研究会［編］　670円
- お客に言えない「買わせる」仕掛け!　値段、売り場、セールストーク……の裏に巧妙なカラクリが　㊙情報取材班［編］　660円
- もしも戦国武将があなたの会社の社長になったら　あなたなら、どの戦国武将の会社に勤めたいですか?　若桜木虔　660円
- 「関東の味」のしきたり 「関西の味」のしきたり　オドロキ満載!「食」常識の東西対決　話題の達人倶楽部［編］　660円
- ワンピース㊙解体全書 ワンピース「新世界」の謎　海洋冒険調査団［編］　各630円
- ここが一番おもしろい! 朝鮮王朝500年の舞台裏　ドラマには描かれなかった華麗なる宮廷生活の裏側がわかる　六反田豊［解説］ 韓国ドラマ研究会［編］　690円
- 世界が驚いた! スカイツリー45の秘密　"世界一"に隠された伝統のワザ&最新工法がわかる!　樫野紀元【監修】　670円
- 「気配り王」が明かす! 人づき合いの100のルール　相手の心を溶かす"ひとつ上のやり方"を徹底コーチ!　知的生活追跡班［編］　670円
- 夫とふたりきり! 人生の終いじたく　中村メイコ　700〜710円

新しい"生き方"の発見、"自分"の発見!

四六並製判ほか話題の書

- ［四六上製判］岡本太郎の友情　幻の遺稿発見!　岡本太郎と13人＋1羽の交遊録　岡本敏子　1575円
- サムスン栄えて不幸になる韓国経済　新聞・テレビが伝えない、ニュースの"裏"を読む　三橋貴明　1575円
- 医者と病院は使いよう　知らずにいるとバカをみる!　"賢い患者"になる知恵　帯津良一　1400円
- 仕事と人生が同時に上手くいく人の習慣　「仕事×家族×自分」の相乗効果を生み出せれば夢は叶う!　久米信行　1365円
- 老いは迎え討て　この世を面白く生きる、いのちの鍛えかた、使いかた　田中澄江　1280円
- クレーム対応のプロが教える なぜか怒られる人の話し方 許される人の話し方　人間関係は受け応えしだい!　人の心理を左右する言葉の秘密　関根眞一　1470円
- 中国元がドルと世界を飲み込む日 / 闇の支配者たちが仕掛けたドル崩壊の真実 / 闇の権力者たちのエネルギー資源戦争　ベンジャミン・フルフォード　1470〜1575円
- どんな時代も乗り越える「失敗力」の生かし方　豊富な海外勤務経験から導き出した発想とスキルを紹介　田中健彦　1470円
- リーダーになる前に20代でインストールしておきたい大切な70のこと　これがリーダーの哲学!　新人にもベテランにも役立つ一冊　千田琢哉　1365円
- 人間関係がシンプルになる「禅」のすすめ　つまらない思い込みはさっさと放り捨てて、心軽やかに生きる　枡野俊明　1400円
- お母さんは命がけであなたを産みました　16歳のための、いのちの教科書　内田美智子　1400円
- 20代ですごい結果を出している人の断トツ!仕事術　どこでも、どんな仕事でも"稼げる人"になる!　中島孝志　1365円
- 働くプロの心の整理術　コンサルの超プロが獲得してきた実践ノウハウを大公開　長野慶太　1365円
- 10年後も食える人 1年後すら食えない人　お金、常識、仕事、勉強法……成功者と凡人の違いはここに!　和田秀樹　1470円
- 仕事のギリギリ癖がなおる本　あなたの"遅い"は脳のスイッチで解決できる!　吉田隆嘉　1365円

定価500YEN

充実の内容! どこから読んでも面白い

B6軽装判ワンコインブックス

- 「世渡り王」の裏ワザ!　イザという時に役立つ大人の新・処世術!　知的生活追跡班［編］　500円
- この一冊でエクセル&ワードの裏ワザ・基本ワザがぜんぶわかる!　こんなことまで出来るなんて!　使えるネタ満載　オンサイト［編］　500円
- 15分でスッキリ!「日本史」大人の常識力　おさえておきたい歴史の"急所"のみを一冊に凝縮!　歴史の謎研究会［編］　500円
- その「しぐさ」の裏に何がある?　まさか、そんな本音が隠されていたとは!　おもしろ心理学会［編］　500円
- 謎の痕跡に迫る! 離島地図　海に浮かぶ孤高の地に封印されているミステリーを解き明かす　おもしろ地理学会［編］　500円
- この一冊でツイッター&フェイスブックの裏ワザ・基本ワザがぜんぶわかる!　2時間でわかる!　使える!　楽しめる!　田中拓也　500円
- モノの「単位」で知る世の中のカラクリ　「東京ドーム1杯分」って、実際どのくらいの量なの?　話題の達人倶楽部［編］　500円
- 裏から読めば謎が解ける! 日本史と中国史の大疑問　教科書では教えてくれない大人の新常識!　歴史の謎研究会［編］　500円
- お笑い芸人のウケる話し方のツボ　トークの達人たちのテクニックを一挙公開!　知的生活追跡班［編］　500円
- お客に言えない食べ物のヒソヒソ話　食品表示のフシギから、食材、産地、外食産業の裏側まで!　㊙情報取材班［編］　500円
- 大人の日本語 つい教養が出てしまうとっておきの471語　一目置かれる!　気持ちが伝わる秘密のボキャブラリー集　話題の達人倶楽部［編］　500円
- その先が聞きたくなる話のネタ帳　ちょっと話すだけで相手を釘付けにする㊙ノート　話題の達人倶楽部［編］　500円
- 世界で一番恐い経済危機の地図帳　新聞・テレビが教えない経済のカラクリに迫る!　ライフ・リサーチ・プロジェクト［編］　500円
- たった30分でパソコンの裏ワザ・便利ワザが面白いほど身につく!　意外と知られていない"超速テク"も満載　ケイズプロダクション［編］　500円
- 他人の心理をあぶり出す秘密トリック　仕事、恋愛、人間関係に効く!　㊙ハウツウを一挙公開　おもしろ心理学会［編］　500円
- 操られた日本史　歴史が動くとき、そこには必ず占いがあった!　マギー【監修】　500円

ビジュアルで見やすい、わかりやすい!

B5判図解・図説シリーズ

- 図解 まとめて考えると面白い「物理」と「化学」　生活がちょっとカシコくなる科学の手引き　久我勝利　1050円
- 最新版 世界の資源地図　原油、天然ガス、水、レアアース……図解でスッキリわかる!　布施克彦 岩本沙弓　1190円
- 図解でスッキリ! 面白いほどわかる算数と理科 大人の1週間レッスン!　この一冊で、世の中をカシコく生きる知恵が身につく!　田中幸一【監修】　1050円
- お客に言えない!「利益」の法則　一皿100円の回転寿司が一般のお寿司屋より儲かる理由とは?　小川孔輔　1050円
- 図解 小学校で習った算数で「経済」がスッキリわかる!　たいていの経済問題は「＋・－・×・÷」だけで読み解ける!?　藤岡明房【監修】　1050円
- 図解 稼ぐ人100人に聞いた「儲け」のネタ帳　お金に好かれる人は「目のつけどころ」が違う!　岩波貴士　1050円
- 図解 モノの仕組みがまるごとわかる!　建築物から家電まで、外から見えないカラクリを完全解剖　サイエンス・リサーチ・プロジェクト［編］　1050円
- 図解 ここ一番で「武器」になる! 秘密の心理学ノート　自分を知り、他人を動かす悪用厳禁の最強ツールを大胆公開　おもしろ心理学会［編］　1050円

らのどれをとっても足腰の回復を測ることができるようになった。これは正確でごまかしがきかないが、それを告げるのは自分自身にたいしてよりほかに何の意味もないことだ。

身体の状態を日々確認させられること、これは孤独なものだが、利点をいうと小さな達成感とつながっている。「ひでぇもんだな」と時につぶやきながら、我流リハビリを續けていると、身体の運動性の進歩がかすかにわかってくる。これを達成感につなげると大げさなことになるが、これは持續を意味づける、あらゆることにつながるといえるのではなかろうか。

テレビで清水という氷上スケートの世界新記録保持者の練習ぶり、試合ぶりを視聴したことがある。痛み止めの注射を十数本打って優勝した様子が放送されていた。

何のためにそんな無理をするのかと問われたら、記録保持者の誇りを保つためと答えれば意味づけることができよう。それでもなお「そんなにまで無理をする価値があるのか」と問われたら、たぶん持續の過程を理由もなく休停止する根拠はないからだということになるような気がする。

人間があらゆる事柄を持續するのは、その事柄が意味と価値をもっているからだ、と答えられるのはいいことだ。

わたしの自転車乗りは、今のところ意味も価値もないが。達成感を求めているだけだということになりそうだ。つまり、マイナスの仕事ということか。

新年雑事

年齢をくわえたせいか、年の暮れから新年にかけて、子どものころのわが家の年中の行事を憶《おも》い起こすことが多くなった。

新佃島《しんつくだじま》の三軒つづきの長屋の角の家に住んでいたが、暮れの二十九日か三十日か三十一日か、そのうちの一日の餅《もち》つきからわが家の新年がはじまった。今年は一斗半《いっとはん》とか二斗とか、ときに三斗とか、父親の都合で、その年ごとに決められた。

幼いわたしにも、なぜつく餅の量が決まるのか薄々は感づいていた。年末にふところ具合がいい年は、餅米の量が多いのだ。

小さな胸に今年は何斗にするかという父の言葉でその年の吉凶を占って心を躍らせたり、心を痛めたりしたのを覚えている。

父は小さな造船所を月島東海岸にもち、ボートや釣り舟を造って、じぶんでも貸ボートの店をもっていた時期が最盛期で、東京港に入ってくる船のエンヂン廃油を買って再生工場に廻《まわ》す仕事をしていたのが、最衰期だったとおもう。

ただ、今でも感心して、じぶんでも見習っているのだが、どんなときでも年の暮れから新年にかけての年中行事と、この際余計なことだが、釣りと潮干狩《しおひがり》をじぶんの舟で子どもたちにサービスすることはやめなかった。

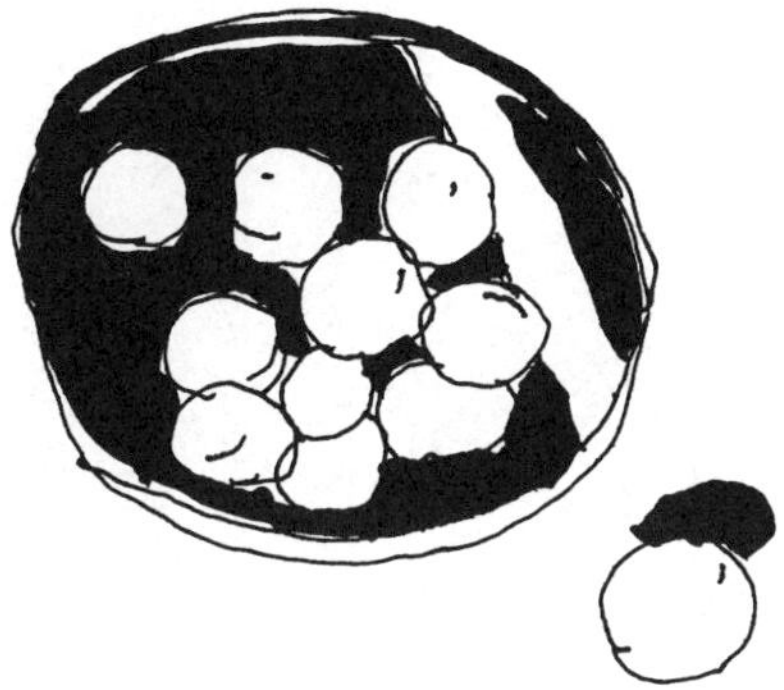

今なら実感でわかるが、これを吉凶や貧の波でやめてしまえば、庶民の生涯は味気ないものになってしまう。

また、どんなときも、親たちが開放された表情をみせるときが、歳月のめぐりとともに毎年やってくることは、幼い子ども達にとっても救いだった。

母親が餅米をセイロで蒸《む》し、父と兄たちが代り番こにつく。わたしも工業学校へ入ってからは兄たちに混じってつくことになった。そして代りに父親は脇役にまわることが多くなった。

すぐにつき終ってしまう年は、子ども心に侘《わび》しい気分になった。腕が軋《きし》むほど痛くなっても、まだ終らないかという年のほうが嬉しかった。

郷里の慣例で、鏡餅《かがみもち》だけ造ってしまうと、あとは甘いあんこ餅と塩あんの餅を、すぐにその場で造ってしまう。のし餅というのは、むしろ脇役で、東京の習慣とちがっていた。また門松の竹の枝を切って、そこに小さなアラレの実をつけた。これでいいのだ。

わたしは今でも感心しているが、塩あんの餅は年が明けて堅くなったものを、焼き餅にして食べるときになると、むしろ甘いあん餅よりも美味《おい》しかった。

いま塩あんの餅を懐《なつか》しくおもうと巣鴨の地蔵通りまで出かけてゆくことになる。あそこへゆくと今でも柔かいうちのホットな塩あん餅が食べられるのだ。

正月の雑煮は、やはり郷土風で、東京とちがう。

切り餅を、ゴボウ、ニンジン、大根、里芋などの具と一緒に、醤油味ではじめから煮込んでしまう。餅が柔かくなり、具が煮えてくると、碗にとって食べるということになる。

子ども心に餅がとろけるように柔かくなったのが好きで、よく二番煮や三番煮を母親にせがんだ。

カルタの記憶は後年の百人一首の記憶しかないが、タコ揚げと羽根つきはよくやった。タコ揚げは家の前の運河の荷揚げ場で兄たちと。羽根つきは姉や姉の友達もまじえて。

もうひとつ挙げないと年中行事は終りにならない。

正月の七日をすぎて門松の竹がとり払われると、枝を切りとって、竹馬を造った。舟造りの切れ端やミカン箱を切り揃《そろ》えて、細ヒモで竹の節目の上でくくりつける。どこまで高くして乗れるかが、子どもたちの競いだった。

それぞれの土地に、固有な習俗の行事やその順序があるが、わたしたち兄弟や姉妹が子どものときに味わったのは、親たちや祖父母の郷土のしきたりと東京下町の貧しい街筋の習慣の混合したものだった。

だが習俗の行事や祭式はとても大切なものだ。わたしたちが日常の生活のなかで、生涯に何遍も体験する危機や滞迷のなかで、それをきり抜ける自然な治癒力は、習俗がたどっている無意識の行為のなかにあるようにおもえるからだ。

もう父母の時代には、父親の背中をみながら何かを会得《えとく》したり、母親がカマドの火を焚《た》く姿から情愛を感じとるだけの力を、子どものわたしたちは失くしてしまっていた。

だが、お正月行事の年毎《としごと》の繰返しから、親たちのその年々の生活感の起伏を感受する力は、わずかにのこっていたとおもう。

わたしもまた去年や一昨年とおなじように、大晦日《おおみそか》の夜に隣の駒込吉祥寺の鐘つき台のまわりに並んで、和尚が弟子を従えてやってきて、般若心経《はんにゃしんぎょう》を称《とな》え終ったあとではじまる除夜の鐘をつく。それからすぐに近くの天祖神社をまわり、旧年のドンドを焼き、上富士の富士神社をめぐって家にかえる。

体力に自信がなくなって、そのあとわたしにとって郷里にあたる佃島の住吉神社と深川の富岡八幡への自転車による初詣は、去年から廃してしまった。

致し方がないのだが、子どもたちが、こんなマンネリ行事をうけ継《つ》ぐかどうかはまったくわからないとおもう。

この大転換の時期には、何もかも改まらなければ、人の心の動きは、ただ物と物との氾濫《はんらん》のあいだに挿《はさ》まれて、誰もが見分けがつかなくなってしまうかもしれない。改まること、それもまたいい事だ。

守りきれなくてもいい。

遺《のこ》ってゆくものがあれば遺るのがいいので、遺らなければそれもいいとおもう。

墓地に眠る猫さんへ

新年お目出とう。

いつでも目出たそうな隣の寺の墓地は、年の始め、平穏で何よりです。

新年で、すこし気にかかることと一緒に越年になりました。

あなたたちの子猫、孫猫にあたるナマちゃんと三吉くんが、年老いて、どこにも出ずに寝てばかり。とき〲おしっこ、水を飲みにゆくだけの状態で、この冬を無事通り過ぎてくれるよう祈るような状態です。

また墓地住まいの野良猫の眼の悪いショオコウさんが、冬を越せるようにといっしょうけんめい気を配っております。

何よりもこの猫さんたちを守ってやって下さい。

賀正

おみくじ「兇」の年

いつもの年とおなじに、正月の四日、浅草の観音さまに初詣に出かけた。そのあと皆で夕食をたべてというのが、ここ数年のならわしになっている。

面白半分の話だが、浅草観音の最大の特徴は、おみくじのなかに遠慮も会釈《えしゃく》もなく「兇《きょう》」が入っていることだ。家族と子どもの友だちが面白がって引くと、半数くらい兇がでて、ひでえもんだと、きゃあきゃあ言い合った。

いつも初詣は近所のお寺や神社からはじまって、あとは一人くということになり、浅草観音で、また一緒にしめくくりということになる。

どの神社や寺でも正月早々だから遠慮しているのか、面白がっておみくじを引いても、「兇」というのは、ほとんど出ない。この点、浅草の観音さまは妥協《だきょう》がなくて、いつも大したもんだとおもう。

ふだんは一人くらい「兇」を引き当てることがあるのだが、今年は何本も「兇」なので、やるねえという感じだった。

「兇」でも「大吉」でも遊びは遊びだ。だが誰でもそれぞれその年の成り行きに予感や願望をもっていないことはない。わたしも「兇」のおみくじを面白がりながら、何となく今年は底冷えした年になるような予感がした。

もっとも不況のせいで、どこの神社やお寺に出かけても、どことなくさびれた感じが漂《ただよ》っていたから、冷えた年だなという感じは、一種の雰囲気をつくっていた。わたし個人も大変かもしれないが、今年は社会の不況が深刻になるにちがいないとおもえた。

いくらかは「兇」のおみくじに刺激されたことになるかもしれないが、年の始めに意図したことがふたつあった。

ひとつはこの不況はじぶんが予想していたよりずっと深刻だから、ひとつ本気になってその実態を追究してみようということだった。

いまはもう今年も最後に近いところだが、どうやらわたしなりに、経済専門家にも政党や政府の見解にも煩《わずら》わされないじぶんなりの不況の把《つか》まえ方ができるようになった。そしてその把まえ方はほうぼ

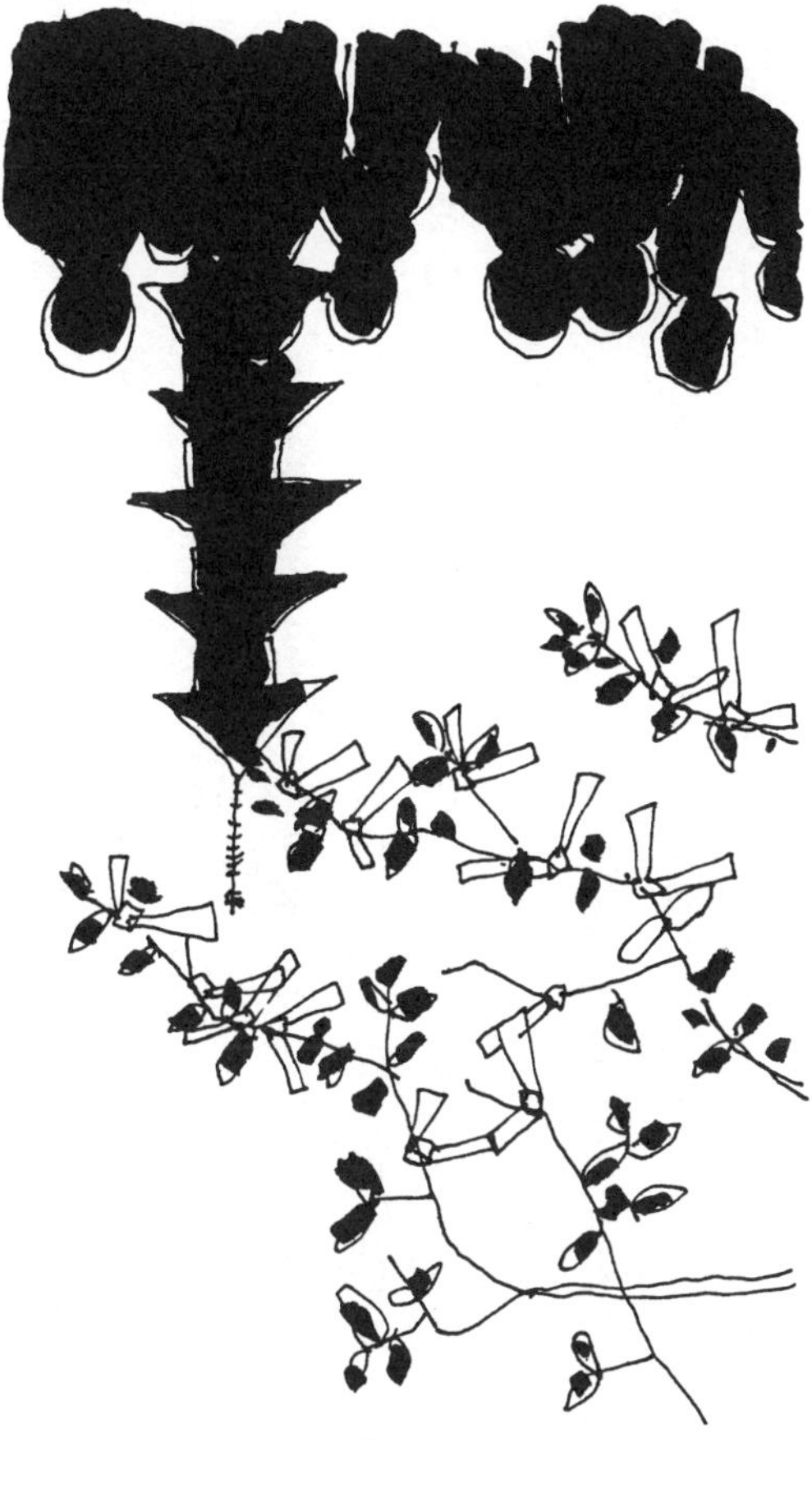

うで喋言ったり、書いたりした。

もうひとつは、この不況を乗りきるために、すこし手から口への仕事をふやそうかとかんがえた。体がすこしきつく、そのうえ衝突事故をおこしそうな時刻表になるときもあって、あわてふためき、冷汗をかく現場をいくつかくぐったりしながら、無茶な一年のおくり方をした。その報《むく》いでいまでも後始末に追われている。

でもこの「兇」の年は、わたしが一個の生活人としてははじめて体験した不況で、生活のうえで得るところがたくさんあった。それと一緒に、はじめて実学として経済現象の分析をやってみて、世の経済専門家や政府の大蔵[*1]や通産などの経済担当者がどの程度の見識の持主かがわかって、じつに興味ぶかく感じた。

そしてもうひとつ、とても面白いことに気がついた。

ひとつの社会の不況を分析したり、世界の経済の動きを考えたりしていると、一介の野武士や素浪人でしかないじぶんが、「力、山を抜き、気、世を覆う」とても大見識をもった大人物のような錯覚をおぼえたりしてくる。これが国家や社会や世界のような大きなものを主題にするとき、わたしたちが陥《おちい》る落とし穴なんだなと気づいてくる。

もちろん反対のことも言える。

この「兇」の年に社会の不況現象の観察に凝《こ》ったおかげで、文学や芸術のような極微の感覚の動きやこころの世界にのめり込むような仕事をしている人が、外側の世界にたいして、どんな思い違いや見当外れの像《イメージ》を抱くものかもよくわかる思いがした。

もともと文学の世界が好きで物書きになったのに、外側の世界がまるで物語のように揺れうごき、これほど興味ぶかく関心をそそる年はなかった。

日本の国内でも、まだ政変の斬新な風が吹き、また、お米の「凶」作もあった。

わたしのちっぽけな息抜きのことをつけ加えれば、例年なら谷中墓地のなかの小路を通るだけでふさ〳〵とした猫ぢゃらしが採《と》れて、わが家の猫と犬はしゃぎで遊べるのに、今年は猫ぢゃらしも「凶」作で、貧弱な穂先の茶色がかったものばかりがおおく、猫たちの乗りがちがっていた。

ついでにもうすこし外側の世界に眼をむけると、日本の自衛隊員[*2]や警察官がカンボジアで死者を出し、ソマリア[*3]に派遣されたりということもあって物議をかもした。国連の介入を好まないソマリア人武装集団の武力による反撥《はんぱつ》もあった。

ロシアでは土地と農業を個人の自由にしようという新憲法を好まない旧ソ連共産党勢力やその支持者とエリツィン政府とのあいだに武力の衝突があった。また自治共和国や地方の州にも独立の国家主権を与えようという民族主義者の反撥もこれと合流して、内乱のすがたをもった。

西欧でも、全体的な経済の沈下をふまえてECの主要な国であるフランス・ドイツ・イギリスなどが国家エゴイズムの波長が合わずに揉《も》めはじめている。もちろん稀《まれ》にはイスラエルとPLO（パレスチナ解放機構）の和解のような歴史的にいいこともあった。でもこれは例外だった。

わが家はささやかにこの不況をしのいできて、「兇」と言わなくて「小吉」でもいいのだが、日本の社会は冷えぐ〵とした感触でまさしく「兇」と言ってよい年だった。世界全体もまた、火線が走って熱い「兇」の年だった。

わたしはじぶんのなかにある内燃機関をじぶんで燃やして暖をとりながら、この「兇」の年の終りへ駈《か》けぬけようとしている。

＊1　この随筆は一九九三年十二月に執筆されたものです。時事的な用語の表記などは当時のままになっています。

＊2　日本人文民警察官五人が、身元不明の武装集団に襲われ、一人が死亡、四人が負傷した事件。

＊3　国連の安全保障理事会によって、内戦が激化するソマリアに米軍を中心とする多国籍軍が派遣された出来事。

銭湯の百話

1

太宰治がある文章のなかで、漱石先生はさすがに大作家だ、銭湯で見ず知らずのおやじが湯水のとばっちりを自分にひっかけたか何かで怒鳴《どな》りつけることができたが、自分だとちぢこまってしまうと、おどけた調子で書いていた。

なぜこんなおどけが成立つのか、しきりに考えたことがあった。自分も相手も裸で正体がわからないし、腕力のほどもわからない。どうなることかも判らない。それでも怒鳴れるというのは、その怒鳴りが本物ということだ、偉いもんだ、ということだろうと思った。

いまは事故でも起らないかぎり、家風呂で間に合わせてしまう。旅行にでも出かければ銭湯の代りに露天風呂で、家にいるときより開放感を味わいたくなる。家に風呂場の小さいのができてからは、銭湯へは遠ざかってしまった。

たまたまタイルを直してもらったとき、数日間、銭湯に通ったことがある。このときとばかり、毎日ちがう銭湯に出かけて近所の旧知の銭湯を巡り歩いた。

文京指ケ谷《さすがや》、台東谷中、旧滝野川など旧知の懐かしさと新規の珍らしさを味わいつくした感じで愉しかった。

それでも新旧の銭湯はいずれも様変りしている。出入口は昔ながらの吊《つ》り鐘型の瓦屋根もあることはあり、のれんも紺に〝何湯〟と染めてあるのもあるが、商店街の店舗の隣りに普通の商店と変りなく、のれんも掛けてないのもある。また脱衣場に昔は無かったジュースの自動販売機を備え、長椅子が置いてあったりする。

変らないのは富士山の前景の湖に帆かけ舟とか、松の生えた海岸線や島々を描いたペンキ画などだ。

どこのお風呂屋に行ってもおなじような下手なペンキ画だなとくさしてみるのだが、よく考えると、お客がみんな裸でいるお風呂屋の入浴場で芸術的な絵画などが描かれていたら、それこそ様にならないと思い返すと、やはりあのペンキ画で富士山や松林や松の植わった島々がいいんだと納得する。

2

銭湯通いは、幼児のときから三日に一度くらいだった。三、四歳くらいまでは母親と女湯へ、小学校六年までは父親と一緒、それからは一人で。風呂屋で、学校が分れ〳〵になった小学校友達とときどき出遇《であ》うと愉しかった。

家風呂になってからは、毎日のように、夜、ぬるま湯に入っていた。

ところで、足腰と眼を殆《ほとん》ど同時期に悪くして（なって）からは、毎晩という習慣は変えるほかなくなった。夜は眼が利《き》かずに、その上いつでも一日中薄暮なのに入浴が夜という気分の暗さは耐えがたくなったのだ。

子どものときから近視の人はぜいたく言うなと怒るかも知れないが、年齢《とし》をくってからの俄《にわか》盲目のきつさは逆なのだ。なかなか慣れないし、これは何だという自問は果てしなく湧き出してくる。そして最後は自業自得ぢゃないかということで終る。納得するでなく、諦めるわけでもない。

そして、あそこで突っかかって転んだな、とか、捉《とら》えそこなって塀ぎわで転んだな、とかいうトラウマだけが心にのこる。

それからは週に一、二度の昼間の入浴に変った。「夜は冷たい、心は寒い、とかくやくざは」という鼻唄がかけめぐる。

ときに柄にもなくおしゃれな部分のじぶんがめぐってきて、「臭かべえ」とか、「ご飯粒がどこかにくっついていないかいな」と気になったりする。

これにまつわることで、今いちばん関心をもっているのは、テレビで連続放映されている「ゴミ屋敷」物語だ。

子どもは皆、成人して別所帯をもち、老婆あるいは老爺だけが残されて、室内も庭も空地もすべて袋詰めのゴミの山ができてしまい、もはや片付けたり、ゴミ出しする手段もなく、堆《うずたか》くゴミ袋の山が出来ている。近隣の人や町内会の人が、臭いから始末して呉《く》れと申入れても、老人一人でどうしようもない。

老人の方も言われても反感やわだかまりがあるのか、自分の家屋敷のなかに何をおこうと自由だろう、放っておいてくれと反感や憎しみの口調で言い張る。

ボランティアやゴミ処理係の親切な片付け奉仕の申入れも反撥《はんぱつ》さ

れてしまう。孤独で一人住いの老人を、ボランティアの人が柔らかくやさしい口調で解きほぐそうと務めている。

これはテレビ映像のなかでひとつのドラマになっていた。子どもたちが幸せな別世界をもち、老人だけが残されて、だんだん足腰が不自由になり、他人をパートでゴミ処理に頼むだけの貯えもないとなれば、誰でもそう成りうる風景だ。その上、映像上の風景と言葉のやりとりをみている限り、どこかに病的な感じを伴っている。

整理する、片付ける、処理するといった掃除や整頓《せいとん》の苦手なわたしみたいな者は、この軌道にはまり込んでしまうに違いない。俺だったらどのあたりで手を挙げて降参するだろうか、と本気で考え込んだ。

この種のことは、一人暮しの娘さんや若い主婦についても存在することもテレビ映像で時々みたことがある。この場合の映像もどこかに病的な雰囲気がただよっていた。そして俺も一人暮しをしたら、そうなりそうな気がした。

じぶんがそこまではいかないだろうと仮定するとすれば、どこかに何かしら病的になることを抑制する境界線がなくてはならないと思える。これは孤独老人の一人暮しでも若い娘さんや主婦の場合でもおなじことにちがいない。それは何だろう。

物臭《ものぐさ》でだらしないわたしにはかなり切実な気がしてならなかった。最近のテレビ映像で重たい関心をそそられたものの一つである。

実感からいうと、「老人ゴミ屋敷」も「マンションの若い女性一人暮し」も、現在の日本社会が個人や家族に強いる孤独感が、その年齢や性別にかかわりなく与えている孤独さによるのではないか、というのが共通項におもえる。

老人の一人住いも、若者（とくに女性）の独りぼっちのマンション暮しも、じぶんが自由を求めるためというモチーフから出たにしろ、老人の子離れの必然から出たにしろ、孤独な暮しなら昔からあったにちがいない。

だが、家族からも友人からも関係がない、そして関係を作る方法がわからないなど冷えた孤独は、現在の時代に特徴として大きくなっている。

この家族や知り合いと関係が薄くなり、その情況を突破してじぶんの気質にふさわしい関係をつくることができないことを「ゴミ屋敷」の老人やマンションに独り暮しの若い人（とくに女性）の症候の原因の大きな部分に挙げることができよう。素人の店長さんが身を乗りだして「引きこもり症」を治そうと志す理由に当っている。

もちろん、この症候はほんとうは病気ではない。ただ敏感な人ほどこの情況に敏感になっているだけで、鋭敏な感受性を持っているだけだ。

治す、治さないの問題ではなく、専門家が解明して正確な判断と理解を推しすすめ、それに啓蒙《けいもう》の役割を果させることができるようにすれば済むことだ。もちろん値の高い低いがあるから、病気と言えるほどになる個人も、そうでない者もいる。

しかし程度の大小だけで、真正の病気ではない。深く問い、よく理解してあげればよいのだが、軽薄に先入観を押しつける素人じみた啓蒙家の言説は混迷を助長するだけだ。

なぜ、老人の「ゴミ屋敷」や若い女性のゴミマンションは遠日《とおめ》の映像を視聴していると病的にみえるのだろうか？　それは見掛《みかけ》の映像が稀少な珍らしい外観をもち、近隣との交流が途絶《とだ》えていて孤立しているように感ずるからだ。

「夜目《よめ》遠目笠の内」がいちばんよくない常識人の悪習だ。

「その人のその事を理解したかったら、その人に訊《たず》ねよ」

「そばにいるいい加減な理解を採用するな」

「ゴミ屋敷」の報道の仕方は、常識人の陥る悪習そのものだと言えよう。

3

三、四歳のころまで母親に連れられて銭湯の女湯の方に入っていた。母親が深い方の湯舟に入って、中段の腰掛けに椅子《いす》のように掛け、ものの上にわたしを支えて、いつものように温まらせてくれていた。

だがあるとき、いつもとちがって、そのことが意識された。そして母親のあたたかく柔らかなももが気になった。何となく恥かしかった。

ジャンジャック・ルソオほどの好奇心はなかったので、そのときを契機に、母親と銭湯に行くのをぐずり出した。それから後の日は父親と銭湯へ行くようになった。

父親は額から汗が流れだしてくるまで肩までつからせるので、これには参った。逃げようとすると頭をぎゅうと押さえつけられるので息苦しくなる。

今もそうだが、ぬるま湯の方が好き。夏の海の水のぬるい感じが忘れられないからかもしれない。父親はいつも子どもが痩《や》せたとか太ったとかいうことを測っているように思えた。

旧制の工業学校へ通うようになって、はじめて父親の熱い湯から解放されて単独で銭湯にゆき、仲よしと出遇うと、湯舟で泳いでお年寄にどやされたりするようになった。

でも、この単独銭湯ゆきは、一人前になったと認められたようで愉しかった。この時期は家風呂ができるようになるまで續いた。

家風呂は安値で便利だが、ときぐ〜近所の銭湯に出かけてみると、温《ぬく》もりの深さというのか厚みというのか、それがまるで違う。温もりの深さや厚みは湯の量が多いほど増してくる。理由は身体にかかる圧力が増すほど厚みや深さが増すからだと思う。わたしは家風呂と銭湯や旅先の温泉とは、まるで次元のちがうものだと思った。

学校を卒業したての前後からどうにもならないほど気分が行詰《いきづ》まってくると、よく銭湯に行った。住んでいた最寄りの銭湯からやや遠い銭湯まで、気分の色分けによって場所を変えた。

何ともいえず自分の好みに合う銭湯とそうでない銭湯とあって、だんだん行くところが決ってくる。これは大小とはあまり関わりがなく、脱衣場や湯舟や洗い場の調和、明かりの加減、客の感じ、小庭や池の造りなど様々な要素で違うのだとおもうけれど、立て込んでもなく、あまり閑散としているでもなく、他の客との心理の距離感が加減できるだけ合致していればいいということだと思う。

裸であって、湯水があり、隣で身体を流している客が、まるで知る人と思い込むこともできるし、近所で道路上行き交《かわ》している人と思い込むこともできる。

この自在さの感じは水があって着衣が違っていないという条件がないと得られない感じがする。

その後も街や職場や住まいでは、どうにもならない感じのとき、よく銭湯へ行った。もしかすると意味をつけるほどの根拠があるわけではなく、好きな海水浴を思い出させる類似性だから水と裸を心地よく感じるだけかもしれない。

ただ、わたしには、大勢いるところでのなかでの孤独というのが気楽になれる状態だという条件に適《かな》っていると思えた。

4

江戸時代には銭湯には湯女《ゆな》がいて、お風呂屋の二階などで酒の相手をしてくれたりといったことがあるらしい。たぶん遊女の代りなどもしてくれたのだろう。いまは法律的に禁止されているだろう。湯女の代りに自動販売機なら具《そな》えてある。

しかし、趣味の風呂通いというのは現在も気分だけなら誰にもあるのだとおもう。

何の雑誌だか忘れたが、下町の風呂屋といった企画で田村隆一と台東谷中の風呂屋に入りにいったことがある。どこにも趣味らしいところはなかった。ただ風呂屋が衰退しはじめた頃で、風呂屋も集会場や劇場代りに小劇団の舞台に使われたりしていた。

もしかすると風呂場というのは、東京でも下町に沢山集中していて、家風呂を持たなかった下町人士の通う場所だったかも知れない。田村隆一は大塚あたり、わたしは月島・佃島のあたりで下町に属していたから、銭湯の味を知っているものと解されたのかもしれない。

わたしは家の中では祖父母や父母の熊本弁が支配し、家の外では下町の新開の埋立地である月島・新佃島で生れ育った典型的な悪ガキだった。

裏長屋育ちといえれば恰好《かっこう》がいいのだが、表長屋育ちで、父親は舟大工さんという、職人気質をすこし自慢してもいいのだが、造船所、製材所の経営者くずれで、裏長屋住まいになれなかったのは父母のプライドが邪魔したのだと解釈している。

わたしは、生れつきの悪ガキ育ちだったので、祖父母や父母の感性と少しちがって、裏長屋の悪ガキが憧れだった。

長じて父親に、おまえは引越荷物も入らない露地裏アパートばかり転々としているじゃないかとよく文句を言われた。好きだからねと言うほかなかった。銭湯にわたしが無意識のうちに求めたものは、一部分その肌触りだったかも知れない。

山形県の学校に二年間ほどいたとき、一番びっくりしたことは、じぶんが東京者のなかにすっぽり入ってしまっていることを自他ともに認めざるをえないことだった。

ようするに「時間」という了解作用の認知の差異が、世界をそれぞれの地域に分割している根元だということにはじめて気がついた。

容易《たやす》く世界は一つなどと言ってもらいたくないし、容易く民族の伝統などと言ってもらいたくない。

沖縄の舟大工さんの記憶

まだ幼児のころ、沖縄や奄美《あまみ》といえば、父が月島海岸でやっていた舟造り場に働きにきていた舟大工の職人さんの、無口な、大人しく、やさしい印象が運んでくる表情や、言葉の訛《なま》りや、アクセントだった。

父から訊《き》きだすことができないうちに死なれてしまったが、舟の大工さんには技術の系統があるらしく、どこからわかるのか、父の方から伝手《つて》をもとめるのか、長方形の木製の道具箱ひとつを担《かつ》いだ父の郷里（熊本県天草島）の系統の舟大工さんが、どこからともなくやってきて、しばらく仕事場にいたかとおもうと、舟を一そう造りあげるころ、またいつのまにかどこかに立ち去っていった。

この舟大工さんたちは、沖縄や奄美や九州の出身のひとたちばかりで、造舟場に独特の雰囲気をこしらえていた。

わたしは、小学校にあがるまえは、一日じゅう仕事場で、木《こ》っ端《ぱ》や鉋屑《かんなくず》に埋れて、何か細工して遊んでいた日々の記憶をもっている。大工さんたちは、どこか頼りない気もしたが、無類のやさしさをもっていた。そしてどこをどう渡り歩いてくるのか、また時を経て舟造りにやってくるのだった。

子どもの眼でも、父の舟造り場で、この南の果ての島の大工さんたちが造ったボートの型を、どこの河筋でみかけても見分けることができた。

こんなやわらかくてやさしい沖縄や奄美の舟大工さんのイメージと、あの小さなたくさんの島かげが、きらきらした真っ白な太陽のひかりのなかに果てしなくつづいて、そのまま他界にのぼってゆくような南の海の景観と結びついて、いつまでも幼児記憶に保存されたままだったら、どんなにかよかったろう。

でもつぎにはもう、幼時の沖縄はとび去って、かたい、苦しい、たたかいの日の沖縄のイメージにかわってしまう。

太平洋戦争の末期、そこは米軍が上陸して、唯一の日本領土内の戦場になってしまった。

父の造船の技術系統もまた、軍の上陸用の舟艇《しゅうてい》の建造にかりだされるようになって、南の島々に伝わった懐かしい舟造りの技術の流れも死に瀕《ひん》することになった。無口でやさしかった沖縄や奄美や九州の舟大工さんの消息もわからなくなってしまった。

たぶん、父とおなじようにどこかの造船工場で、軍用の船を造る仕事をしながら、時代をしのいでいたにちがいない。戦後になって父を訪ねてきた舟大工さんはたった一人だった。

沖縄の人々と風土のたたかいの模様は、戦後になって島尾敏雄文学の作品『出発は遂に訪れず』や映画『ひめゆりの塔』などから類推するばかりだった。そして戦後のこされた沖縄の人々の心は、ぎくしゃくし、けば立ち、沖縄戦が回想されるごとに、荒れはてた同胞どうしの対立が浮かびあがってくるようになる。

わたしもそんな実感の場面にぶつかったことがある。

島尾敏雄をゲストにした対談の企画の相手をつとめたことが何回かあるが、そのなかのひとつだった。

対談がおわって雑談になったときだ。男の速記者が対談の内容から連想されたのだろう、じぶんの親戚は沖縄方面軍の部隊長をしていましたと話しだした。すると突然あの温厚な島尾敏雄が「なにッ！」と表情をかたくして「何という人だ！」と問い返した。速記者が名前をいうと島尾敏雄に心おぼえがあるらしく、そうか知っているといったことをつぶやくと、あとは何もいわず、ぎこちない空気がその場を流れはじめ、会話ははずまなくなった。

わたしは戦争中に沖縄がうけた深い傷を眼のまえで実感したようにおもった。

嫌だけど沖縄戦を死を賭《か》けて戦ったもの、戦争の神聖を疑わずに部下と沖縄のひとたちを死地に誘ったもの、献身ととりかえに戦中も戦後もひどい目を体験したあのやさしい沖縄のひとたち、島尾敏雄の急に表情を変えた姿に、そういう沖縄の複雑な矛盾しあった戦争体験が見えるような気がした。

わたしはそれよりすこしまえから沖縄の民俗や言語や親族組織や祭りなどに関心をもち、すこし本気をだして書物や文献を漁《あさ》りはじめていた。そしてすこしずつ沖縄というものがわかりかけた。

沖縄には本土から流出していった民俗や言葉や宗教上のお祭りなどがたくさんある。でも本土には滅多《めった》にない民俗や言葉やお祭りもたくさんのこっている。そのふたつは混りあい、融《と》けあって沖縄の戦後をかたちづくっている。

沖縄在住の沖縄学者や研究者は、沖縄と本土との民俗や言葉や宗教上のお祭りの同じさを軸にして探求をすすめているといってよかった。

わたしは逆に本土よりも時代を遡《さかのぼ》った古い民俗や言葉や宗教上のお祭りの姿をもとめ、そこから本土の歴史時代をみる視線のあり方を見つけだしたいとかんがえた。

そのためには沖縄の民俗や言葉や宗教上のお祭りのうち、どの部分がはっきりと本土よりも古く遡ることができるか、どの部分は本土とおなじもののヴァリエーションであるか、そしてどの部分は本土から流れ出して枝分れした比較的あたらしいものなのかを、はっきりと区分し、分離できなくてはならない。

これをやるためにに役立つのは、本土の辺縁の地域に、まるで斑点《はんてん》みたいに孤立して散らばっていたり、孤島のように小さな集合としてのこされている古い集落の部分を照しあわせて、おなじところ、異なったところを比較し、はっきりさせなくてはならない。

わたしの沖縄は幼児のころのやわらかく、やさしい沖縄から、だんだんとかたくて、きつい沖縄へと変っていった。沖縄の風土や沖縄の人たちの像《イメージ》も、なつかしい幼児記憶の姿から、ほんとは視えない区分線や同一線を見つけだそうとするけわしい像に変っていった。ずいぶんたくさんの沖縄が視えてきたような気もするし、またなつかしく、やさしい沖縄を失ってきたような気もする。

これも沖縄の像の当否をあらそうたたかいで、いたし方がないのかも知れない。

でも幼児記憶にある無口な、やさしい舟大工さんたちのイメージだけは忘れないでいられたら、とおもっている。

ホームレスに想う平和の像《イメージ》

寒さがすこしずつ本格的なものになりながら、今年も年の瀬の十二月に入った。

上野の山上から山下の不忍池の公園にかけて、敗戦の直《す》ぐあと平和な半世紀を経た現在とで、とても似ている光景がある。

敗戦の直ぐあとの焼跡のひろがる光景を見渡せる山上と山下には、板をかりあつめて造られたにわか造りの掘立小屋が秩序もなく並んで、家を焼出されたり、復員してもわが家が焼け失せてしまったような人たちがうごめくように住み暮らしていた。

ところで五十年経った現在も、山上は少しだが不忍池をめぐる公園の木立のなかには、青いビニールテントを張ったり、ボール箱を積み重ねてつくった仮住居にホームレスの人たちがたむろしている。流石《さすが》に敗戦直後とちがって、半世紀の歳月はこれらのホームレスの人たちを身ぎれいにしている。また炊事道具も、コンロも揃っている。水はいわゆる名水を買ってきたのか、透明な合成樹脂のビンが何本も並べて備えられている。寄り集まって楽しそうに罐《かん》ビールで酒盛りをしていたり、将棋をさしたりしているのも見かけることがある。

住家が欲しいけど経済的に叶わないため、公園の植込みにテントの家を造っているにちがいないのに、そこを通るひとの眼には、積極的に煩わしい家や家族を捨てて、のんきに一人身の浮浪生活をしているのではないかと疑われそうなところがある。それほど憂《うれ》いがない明るい表情の人たちに見えるからだ。

血眼《ちまなこ》になって食糧をあさり、日銭を稼ぎ、焼酎をあおって酔っぱらい、喧嘩口論と怪しい物々交換に明け暮れといった敗戦直後のホームレスのイメージとは、似て非なるもののようにおもえる。たぶん本気でレストランや和食堂でもの乞いすれば、豪華な料理の喰べ残しを貰《もら》いうけられるにちがいない。敗戦直後と五十年経った現在ではホームレス生活の質が変ったのではないかとおもえる。

誇張をつけ加えて、比べてみると、敗戦直後には離散した家族をもとめ、温かい住居や飢えをまぎらわせる食をもとめて浮浪生活をしている人たちで、上野の山上も山下も充ち満ちていた。

現在は家や、仕事の煩わしさや、家族の冷たさを逃れて浮浪生活をしている人たちが、そのなかに交っているような気がする。

先日、不忍池の周辺の木立のなかで、樹木と樹木のあいだに、きちっと青いビニールテントを屋根形に張った住居で、ひと通りととのった服装をしたホームレスのおぢさんが、ブタンガスボンベのコンロで湯を沸《わか》していると、ふつうの身形《みなり》のおばさんがやってきて、話し込んでいる光景に出遇った。

そのたたずまいからは、ありふれたひとつの物語が空想された。

「あなた、皆が心配しているから帰ってきて下さいよ」とおばさんが言う。すこしぐずなおぢさんが、「ここは気楽だから、すこしこうしていたいんだ」と答えている。まあそんなところだ。

わたしの通りすがりの感想をいえば、小ざっぱりしたホームレスの服装もさることながら、浮浪生活の用具もまた、便利になったなとおもった。

青いビニールテントは、谷中墓地で毎年やっているお花見の敷物を買いに行ったからよく知っているが、大小さまざまな大きさのシートが売られている。明かりに使うガス灯は、ほんらい登山用品として、アメ横のしかるべき用具の店ですぐ手にはいる。ボール箱もすぐ集められる。百円ライター。鍋とかヤカン。町会のゴミ収集のところですぐ見つかる。もうすこし安値になれば、電池式の液晶の小型テレビにも手がとどくにちがいない。

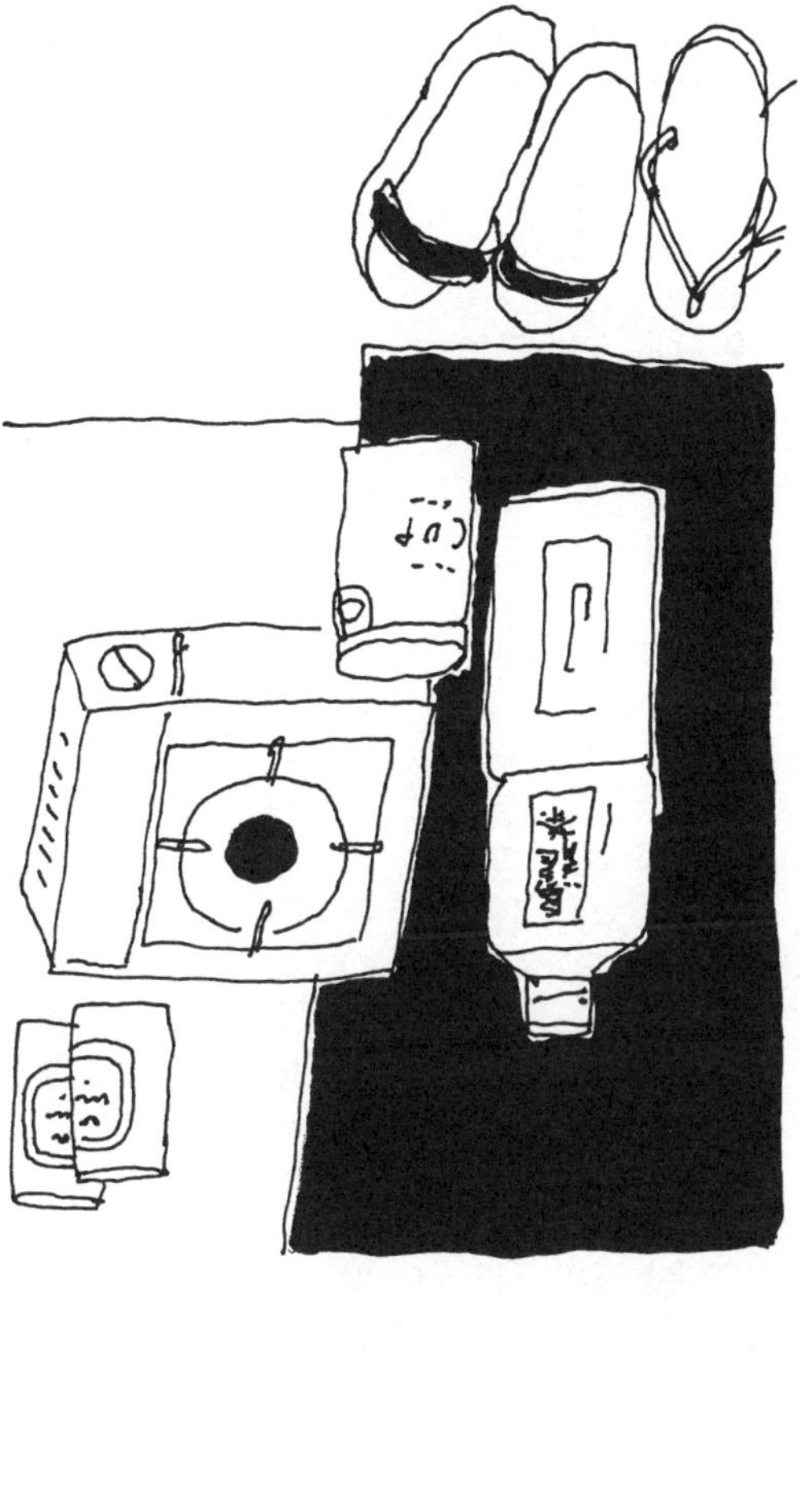
Cup

夏のそよ〳〵風が吹く夕方など、池のほとりの公園道を歩きながら、この浮浪生活がうらやましく感じることがある。

敗戦から五十年のあいだの上野の山と不忍池をめぐるホームレスの風俗の変遷《へんせん》は、お金持になり、そして同時に息苦しさや煩わしさを増してきた日本の社会の生活様式をとてもよく象徴しているとおもった。

経綸《けいりん》の志の強いひとからみれば、公園の木立のなかや上野の山上に青テントやボール箱の積み重ねの住居をつくっているホームレスは、街の美観を損なうとか、正業について家を持てとか、家族と和解して家に帰れとかいう勧告になるのかもしれない。

ごもっともな次第だが、わたしのなかには、寛容に、できるだけ長くそっとしてやってもらいたいものだというひそかな願望が兆《きざ》したりする。その願望は、じぶんのなかにある、この社会への心身の不適応性からでてくる本音を交えているのだとおもう。

もうひとつ上野界隈の光景の変貌で、すぐ眼につくことがある。敗戦直後は復員姿の肩章《けんしょう》のない兵隊服や、闇屋風のいでたちをした人たちが、目的あり気に、また何かを漁るような眼をして、山上にも山下の通りにも右往左往していた。ちょっと怖いような、また、じぶんも同類の親密さをおぼえるような気分で、その群衆のなかにまぎれ込んでいた。

五十年たった現在でも同じ光景に出遇う。でも目立つのはヒゲを生やし、やや顔の墨色が日本人よりまさり、頬《ほお》のところがそげた中近東やアジアの異邦人だ。

職をもとめているのか、怪しげな内証の物売りなのか、それとも漠然と何かいい事がありそうだという期待で山上や山下にたむろしているのか、よくわからない。

ときぐ〵警察官の臨検の気配がして、いつの間にか二、三日姿がみえないことがあるが、またどこからともなく集まってくる。これも経綸の志ある人からみれば、始末に悪い存在なのかも知れない。

だが上野の街あるきの常連みたいなわたしなどには、昔の黄金の島ジパングほどではないが、あの遠東の国に行くと何かいいことがありそうだというイメージが異邦の人を惹《ひ》きつけている印のようにおもわれて、やはりできるだけ寛容にそっとしておいてあげられたらというおもいがする。

最後に、上野という竜を描いて、ぱっちり張りつめた眼を入れるとすれば、上野の街の装いはビルや商店も、その中味も、道路の模様も、五十年のあいだに大変貌した。街に出入する若者の装いも、表情も変って、明るく敏感に流行に乗って闊歩《かっぽ》している。

この若者たちは街の全景と釣合って、身体全体で五十年の平和を溢《あふ》れるように表現している。

この人たちと擦《す》れちがいながら、この若者たちが、二代かかって身につけた平和な感覚を破壊できるものなどありえないだろうといつも感じている。

提灯のあかりに

　京成青砥《あおと》にあった会社の工場に勤めていたころ、ちょっと一杯というときは青砥の駅のまわりの飲み屋さんで、少し遠いときは亀有駅の商店街で、遠出のときは京成の終点上野まで出掛けて、同僚と一緒に上役の悪口を言いながらお酒を呑むのが愉しみだった。

　そのころ、山下から広小路のあいだ、酒悦の並びの以前の安田信託銀行のあたりに、夜になると台に提灯《ちょうちん》のあかりを置いておばさんの占い師が店をひらいていた。

こちらは二十代の半ば過ぎで、おばさんは三十歳をすこし越えた年齢で、地味な着物、羽織の姿だった。容貌も化粧もせず地味で、おばさんと言うのがぴったりした。

少し酔いがまわってから、同僚と掌《てのひら》を出して手相占いをしてもらうために、時折立ち寄った。

おばさんは大人しいのに、言うことは仲々はっきりした物言いで遠慮なく吐きだす話し振りが面白かった。そして事が性格に関連して起こる人間関係について言うと、仲々に見事に言い当てて、感心させられた。

会社のサラリーマンで、べつにとくに良いことも悪いことも無いと思っていたので、将来の運命など占ってもらわなくても判っていると思い込んでいる同僚連中ばかりだったので、そんなことはどうでもよく面白半分だった。

しかしある時、同僚の一人が手相をみせると、「あなた恋愛で悩んでますね」と言った。彼は途端《とたん》に真剣な表情になって、肯定したと思えた。その恋愛よした方がいいとまで言わなかったが、「なかなか大変ですね」という意味のことを素直な口調で言った。

彼はそこを離れて喫茶店に入ってから、わたしたちに告白し始めた。成る程、聴きながらこれは大変だと思った。

相手の女性は、わたしたちでも名称を知っている大会社の娘さんである。そんな事関係ないと言い切れないほど、こりゃ大変だと思えた。

わたしたちも、よせ〳〵とは言えなかったのだが、「慎重に行けよ」

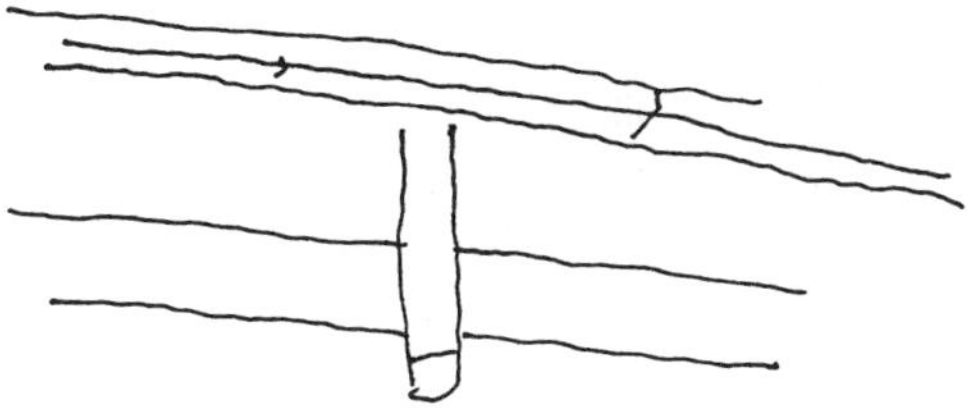

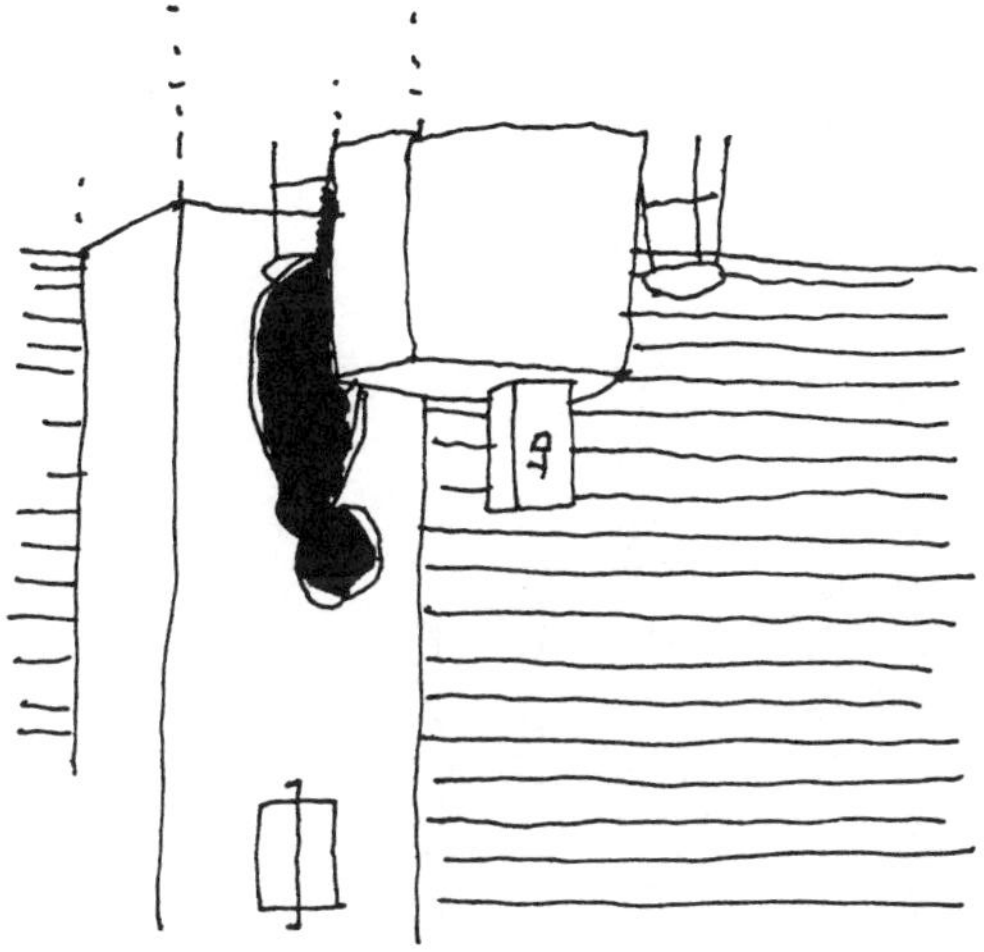

と口々に言うほかなかった。

その恋愛は当然のようにこわれた。

センスがまるで違っていて話にならないと誰でもが感じたのだった。

わたしは度々《たびたび》、この女性の占い師の前に立って、その判断力のいさぎよさの恩恵をうけた。

いまも健在なおばあさんになっていればいいなあと思っている。

三粒の木の実

不忍池の不忍通り寄りのベンチで腰掛けて、ぼんやり池の水面を見ていた。決して愉しい思いではなかったが、何の為《ため》なのか、もう忘れてしまった。

見知らぬ初老の男性が近寄ってきて、あげましょうと言うと、わたしの掌に木の実を三粒ほど置いて立去った。

それは角ばっていて菱形《ひしがた》を連想したので、菱の実はこんなかなと思ったが、蓮《はす》の実だったのかも知れない。

わたしの掌にはその男性が握りしめていたための温もりだけがのこった。けれど何の実なのかまったく判らなかった。ただその人の得体のわからない厚意だけが、家に帰ってから机の上に幾日も幾日も置かれていた。

子どものとき、月島の晴海《はるみ》（四号埋立地と呼ばれていた）で同じようなことがあった。

どこかの見知らぬおじさんがわたしたち子どもの遊んでいるところへやってきて、罐のフタをとり飴玉とか駄菓子をみんなに配り、立幅とびをやっているわたしたち子どもにそれを續けさせ、罐の中味が空になると、黙って立去った。

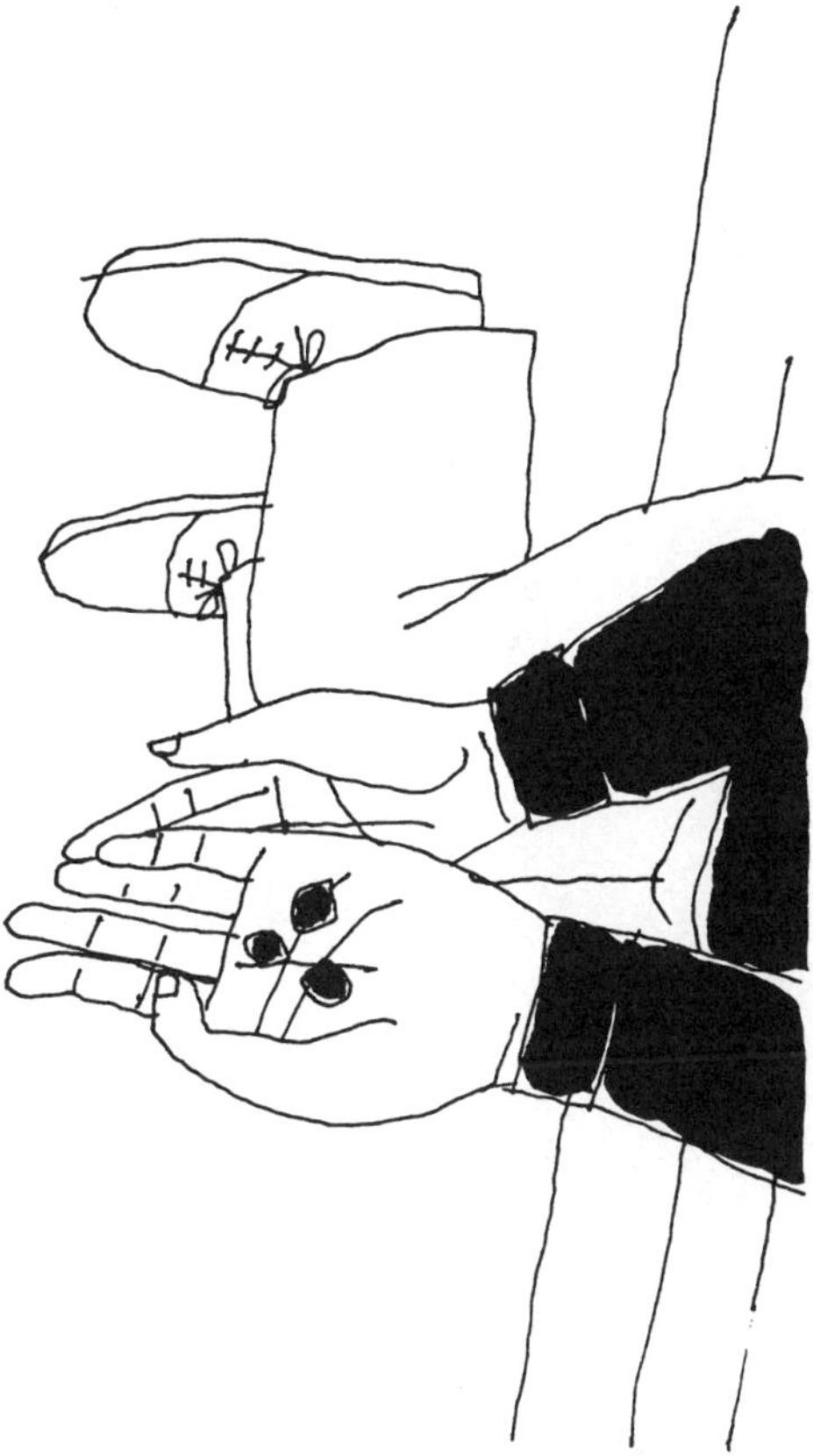

なぜ飴や駄菓子をくれたのか、いろいろ考えたが今でもわからない。

それとおなじ思いがした。

上野には多少の知り合いで懐かしい人もできたが、こんな見知らぬ忘れ難い人もいた。

芋ようかんと殺気

夏すこし前のことだ。

不忍池の中路の木《こ》蔭《かげ》で腰を下ろし、上野松坂屋の地下の売場で買った芋ようかんを食べていた。子どもの頃の味が懐かしくなって買ったわけだ。

四、五十メートル向うに、酒に酔ったホームレスの仲間の一人がよろよろしながら立って、何かわめいていた。そして二、三十メートルのところまでよろけて歩いてきて、今度はこっちに向って文句をつけ出した。

そんなところで何を食べているんだ、から始って、しまいに、そんなところで何か食いちらしているのは怪《け》しからん、になって、無茶苦茶なことを言ってからみだした。

そろ〳〵腹が立って立ち上がるとホームレスのお兄ちゃんの方へ向き直った。

恰好がよかったのはそこまでで、相手の顔をみるとやる気に充《み》ちている。つまり失うものは何もないぞという表情だ。

咄嗟《とっさ》に、本気になれば相手は酔っぱらっているし、負けないだろうが、うか〳〵と喧嘩すると負けるなと思った。

自分が本気になってホームレスのお兄ちゃんとつかみ合っている

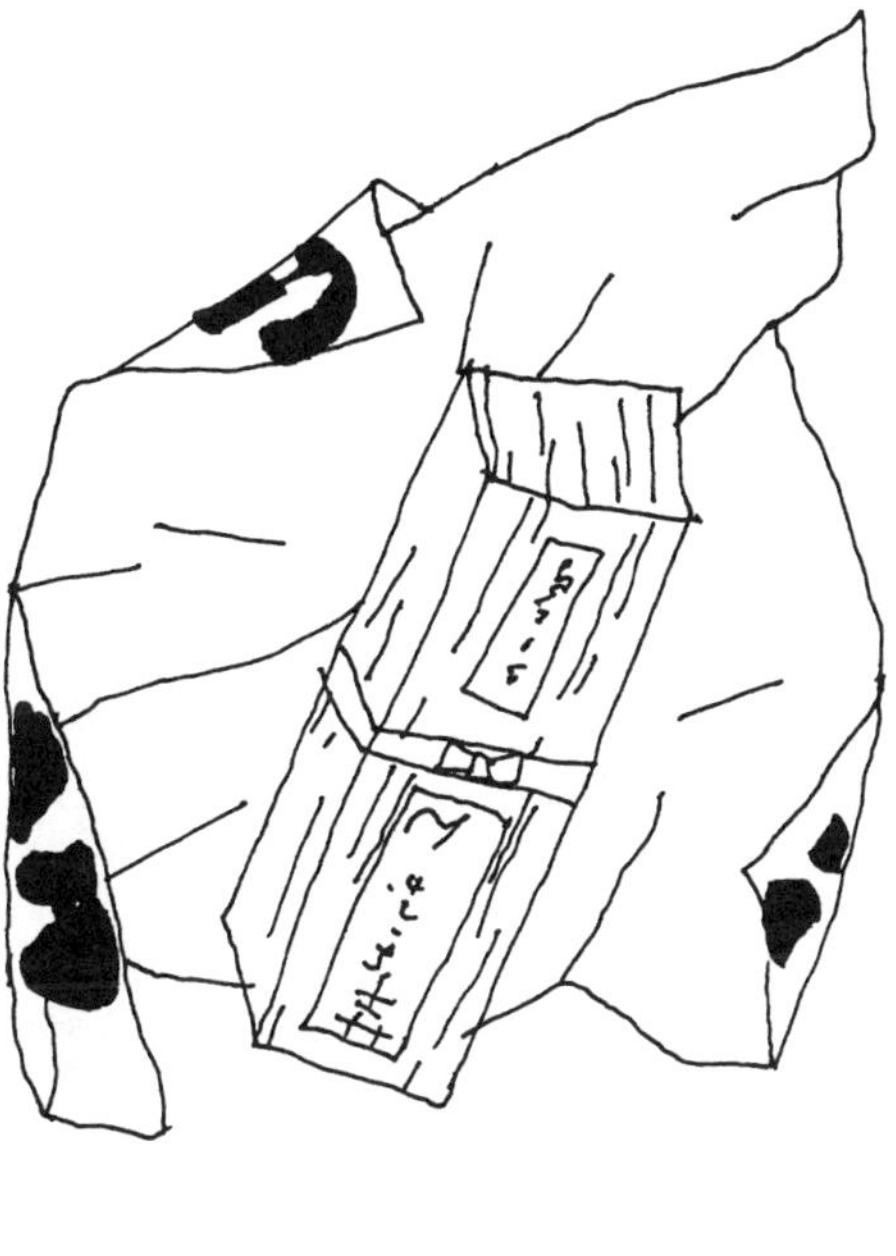

図が思い浮んで、これは様にならない気がした。そしてすごくと
ホームレスのお兄ちゃんから遠ざかることにした。

あのお兄ちゃんのやる気（殺気）は本物だと思った。

そして一瞬羨《うらや》ましい気がしたのも確かだった。

春の匂い

きびしい寒さがつづいている二月はじめのころから、もうすでに日ざしは春の匂いになっている。

この「匂い」というのは艶《あで》やかさと言ってもいいし、なまめかしさと言ってもいい。また明るいひかりとか色あいと言ってもいいような気がする。

四季おり〳〵の自然のめぐりあいに変化があるというのは、平安朝期には詩歌《しいか》の部立てになっていた。だがもう一つの特色は、天と地のあいだに半分くらいずつ季節のずれがあるということだった。

地上では厳冬の寒さが身にこたえているのに、空を見上げると日ざしが春の明るさと艶やかさに溢れはじめている。

街中であれ野原であれ、地上を歩いていると、あまりの寒さに身を縮め身体を固くしているのに、ふと晴れた空を眺めるともう春だなと感じて、救われたような解放された気分になれる。

暦のうえの立春は、まだきびしい寒さだ。これは旧暦になぞらえてもおなじことだ。詩歌もまたこの天と地の季節感のずれを「年の内に春はきにけり」と歌っている。

少し年齢をくってきたので実感でわかる気がするのだが、これは暗い寒い厳冬の感じをできるだけ味わうまいとする中世以来のわた

したちの知慧《ちえ》のような気がする。だが、もしこれを天然の知慧とみれば、モンスーン地帯に与えられた特権だとも言えよう。

こんなことをすこし地道にかんがえるようになったのは、ほかでもない、ここ一年ばかりのあいだ、「匂い」に少し凝ってきたからだ。

ざっと大ざっぱにならば気がついていたが、日本の古典詩歌や近代詩歌の世界では、「匂い」という言葉で、香りのことだけではなく、光線の具合、色彩や色調までをあらわしている。さらに「匂い」という言葉に凝って少しだけ調べてみると、それだけではなく、味とか音とか人の音声にまで、「匂い」という言葉が使われているので驚いた。

さっそく、わたしの理論癖が頭をもたげて、その理由を考えてみた。

その一つは人間がまだ魚類であった時代にさかのぼる。鼻先をかすめてゆく水の流れと速さの触覚、鰓《えら》呼吸のときに吐き出したり、吸いこんだりする水の匂い（これはほんとの匂い）や味や温度、これが「匂い」の起源だとかんがえれば「匂い」という言葉で色調や光線や物音の響きや雰囲気のようなものまで含めるということも意味が通じるというように説明できるのではないだろうか。インド・ヨーロッパ語でもおなじことが成立するかどうかわたしに知識がない。だが「匂い」という言葉で、五感のすべてを指そうとして「匂い」の起源を保存している民族語は悪くないとおもった。

もう一つは、必然的に「匂い」という言葉の語源はなにかを考えたり調べたりした。

うろ覚えだが「島の榛原《はりはら》　にほひこそ」という歌が『万葉集』にあったとおもう。それなら万葉時代にはすでにこの言葉は使われてあったにちがいない。

わたしが狙いをつけたのは折口信夫だった。この学者は古典語学者としても、もっとも注目に値する人だからだ。すると、あった、あった。流石だねと驚き、そして喜んだ。

折口説では「匂ふ」は、「青《あを》丹《に》よし」という「奈良」につく枕詞や「丹《に》土《つち》」（硫化《りゅうか》水銀を含んだ赤色の土）とかいう言葉の「丹《に》」からきている。わたしの勝手な評釈だが、〈赤く色づいている〉という場合、「丹《に》ふ」というように「丹」を動詞化すればいい。ところがこれは語音のうえから「丹ほふ」（丹色にされる）のように受動態にした方が楽になる。

この「丹ほふ」が「匂ふ」の語源だというのが折口説の要《かなめ》にあたっている。すると、何はともあれ、「匂う」は色彩とか色調の呼称からはじまったことになる。

わたしにも思い当ることがある。以前に「白遠《しらと》ほふ」という『常陸風土記』の「新治《にひばり》」につく枕詞を探ったことがあった。その経緯ははぶくが、この場合、「白遠き」という言い方でよいはずなのに「遠ほふ」という使い方をしている。だとすれば、「丹ふ」（赤く色づく）というのを「丹ほふ」と言い廻すことは、あっていいとおもえた。

寒冷のなかで、いま春は匂っている。

イーハトヴの冬景色

賢治童話の風土は、はじめからおわりまで、また地上の景物《けいぶつ》から天空にかかる銀河のイメージまで北方的だ。

賢治の童話の根拠地だったドリーム・ランドとしての岩手県は、イーハトヴと命名された。そのイーハトヴの冬景色について、かれの『氷《ひょう》河《が》鼠《ねずみ》の毛皮』という作品は、つぎのように描いている。

ぜんたい十二月の二十六日はイーハトヴはひどい吹雪でした。町の空や通りはまるつきり白だか水色だか変にぱさ〳〵した雪の粉でいつぱい、風はひつきりなしに電線や枯れたポプラを鳴らし、鴉《からす》なども半分凍つたやうになつてふら〳〵と空を流されて行きました。たゞ、まあ、その中から馬そりの鈴のチリンチリン鳴る音が、やつと聞えるのでやつぱり誰《だれ》か通つてゐるなといふことがわかるのでした。

（宮沢賢治『氷河鼠の毛皮』）

わたしが学生で数年住んでいた山形県の米沢市（賢治のようにドリーム・ランドとしての呼び名をつければイヨナイサワになる）では、おなじ十二月の末ごろには、町の空や通りは、夜となく昼となく灰色の吹雪がいっぱい舞いおりてきて、地面と空の奥のほうから底冷えがしてきた。

それでも賢治のイーハトヴよりは、寒さはきびしくなかった。それは宮沢賢治が「白だか水色だか変にぱさ〳〵した雪の粉」という描写をしているところからすぐにわかる。雪が灰色なのはまだいくらかゆるされた湿気が含まれているのだが、「ぱさ〳〵した雪の粉」にはそれさえないのだから。

このイーハトヴの冬の吹雪のきびしさは、いちばんはげしく、いちばんはっきりと賢治の童話『水仙月の四日』にあらわれている。

この童話では、「白だか水色だか変にぱさ〳〵した雪の粉」が風にひっきりなしに吹雪《ふぶ》かれる有様は、擬人化されている。つまり雪婆《ば》んごがいて、つめたい白髪が雪と風のなかで渦《うず》になり、雲のあいだからその尖《とが》った耳と、ぎらぎら光る黄金の眼がみえる。そしてこのこわい雪婆んごが雪童子《わらす》に吹雪の命令をくだすと、雪童子がこんどは雪狼《おいの》に鞭《むち》を加えて駆りだす。すると野原や街の停車場や道路に吹雪の粉がまき散らされるのだ。

西の方の野原から連れて来られた三人の雪童子も、みんな顔いろに血の気もなく、きちつと唇を噛《か》んで、お互挨拶《あいさつ》さへも交はさずに、もうつづけざませはしく革むちを鳴らし行つたり来たりしました。もうどこが丘だか雪けむりだか空だかさへもわからなかつたのです。聞えるものは雪婆んごのあちこち行つたり来たりして叫ぶ声、お互の革鞭《かわむち》の音、それからいまは雪の中をかけあるく九疋《くひき》の雪狼どもの息の音ばかり、そのなかから雪童子はふと、風にけされて泣いてゐるさつきの子供の声をききました。

（宮沢賢治『水仙月の四日』）

ちょうど水仙月の四日なので、雪婆んごは、赤毛布を着て山裾《すそ》の細い路を町から砂糖を買って山の家に帰ってゆく子どもを、とり殺してやろうとかんがえて、雪童子をけしかける。雪童子は雪婆んごの命令をきくふりをして、山の子どものうえに雪を吹きつけるが、小さな声で〈毛布かぶってじっと雪に埋れていなさい、きっとたすかるから〉と囁《ささや》いて子どもを眠らせてたすけてしまう。

イーハトヴの吹雪のおそろしさを擬人化したこの童話は、賢治が描いた北方のいちばんきびしいときの風土の姿だといってよい。

だが、吹雪がやんだあとの、いちめん雪におおわれた野原や田んぼの畔《あぜ》道《みち》や、ぼさ藪《やぶ》のあたりで、「半分凍つたやうになつてふらふらと空を流されて」いた鴉が、いまは安楽な、すこしユーモラスな姿をして、雪のなかにくちばしをつっこんだりする。

そんなどんよりした、でものどかな風景もなじみ深い北方の田園の風景なのだ。

宮沢賢治はそんな静態ふうの北方の景物も、よく観察し、スケッチしている。

烏百態（抄）

雪のたんぼのあぜみちを
ぞろぞろあるく烏なり

雪のたんぼに身を折りて
二聲《ふたこえ》鳴けるからすなり

雪のたんぼに首を垂れ
雪をついばむ烏なり

雪のたんぼに首をあげ
あたり見まはす烏なり

雪のたんぼの雪の上
よちよちあるくからすなり

（宮沢賢治『文語詩未定稿』より）

ところで賢治童話の北方的な風土は、感覚的ないい方をすると、懐かしい温度と色合いが、冬の凄さや、きびしさのところから、すこしゆるんで温もりをもった早春とか、短いながら昼は暑さが意外にきびしくて、薄暮から夜には涼しいというよりも薄寒くなる夏ばのころから秋ぐちにかけての、湿気のすくない、肌に心持よい季節のなかに、ほんとうの特色があるというべきかもしれない。

賢治の童話には懐かしさや温もりや、ひとなつこい情緒があるのだが、でも甘えて無限に身を擦りよせてゆくと、どこかで孤独に冷んやりとした湿度で、つき離されてしまう雰囲気があるといっていい。

これは賢治がじぶんの感性のなかにもっていた特色で、同時にそれは日本の北方の風土がもっている特色でもあるとおもえる。わたしの短い東北の生活経験でも、そこの人間関係や山河の風物のなかにも、しば〳〵それは実感された。

東北には、賢治のイーハトヴのあたりまでいっても、もっと先の津軽までいっても、高くけわしく、人を寄せつけないような山もなければ、ひろく大きい河も平野もあるわけではない。

すこしも近よりにくくないのだが、でもどこまでも身を擦りよせてゆくと、孤独な核につきあたるような気がする。それがまた、わが北方の風土のたまらない魅力になっているのだ。

宮沢賢治は『春と修羅』の第二集の序文を書いたとき、「わたくしはどこまでも孤独を愛し、熱く湿った感情を嫌ひますので」と記している。そして終りのところで、

けだしわたくしはいかにもけちなものではありますが
自分の畑も耕せば
冬はあちこちに南京ぶくろをぶら〔さ〕げた水稲肥料の設計
事務所も出して居りまして
おれたちは大いにやらう約〔束〕しようなどいふことよりは
も少し下等な仕事で頭がいつぱいなのでございますから
さう申したとて別に何でもありませぬ
北上川が一ぺん氾濫《はんらん》しますると
百万疋の鼠が死ぬのでございますが
その鼠らがみんなやつぱりわたくしみたいな云《い》ひ方を
生きてるうちは毎日いたして居りますのでございます

（宮沢賢治『春と修羅』第二集「序」より）

わたしのわずかな経験では、こういういい方は、宮沢賢治のなかの北方的な性格をとてもよく象徴している。

わたしは東北の地でなんべんも、またなん人もの宮沢賢治に出あったような、ある懐かしさの記憶を呼びもどされる。

掌編小説三話

ヘンミ・スーパーの挿話

濃紺といってもいいほどの強い香りを、寺の境内《けいだい》や街路の樹々のあいだから吹きおろしている。谷中《やなか》治右衛門坂は、もうそんな季節になっていた。

ヘンミ・スーパーの店先で息子のアキラは、「今日も会長さんがやってるね」と、傍《かたわら》の母親に話しかける。母親は表を通る老人の姿を見やると習慣のように会釈した。老人は気づくゆとりもないような固い表情を真直ぐ前にむけて、右足をすこし引きずるようにして、右手に持った杖でリズムをとるように通り過ぎて行った。

雨が降らない日なら、老人は正午すこし前ごろヘンミ・スーパーの店先を、おなじ歩き方で通って行く。散歩姿というより足腰のリハビリのように思われた。アキラは会長さんも歳をとったなと口の中だけでつぶやく。

亡くなった父の納骨の折、会長さんはヘンミ家の墓のある谷中天《てん》眼寺《げんじ》に立会ってくれた。アキラが「ちっぽけなお墓だな。もっとでかくすればいいのに」おもわず口走った。父へのいたわりと自分への見栄からだった。

会長さんは父が加入していたスーパーのチェーン店の責任者だったが、アキラに向って「ボウズ、お墓はね、ちっぽけなほど立派な

んだよ」とさり気ない口調で言った。アキラは思わずはっと息を呑《の》んで、この人はたいへんな人だなッと思った。

アキラの父はもともとは酒屋で、勤め帰りの職人さんやサラリーマンが、コップ酒を立ち飲みする片隅をわざわざ設けて、喋言《しゃべ》る相手をするのが、愉《たの》しくてならぬ風だったが、この会長さんのチェーン店にさま変りした理由が判るような気がした。

父が亡くなったとき、息子のアキラは大学に入りたての一学年だったが、直《す》ぐに中退して母親の續《つづ》けるスーパーを手扶《てだす》けすることに決めた。

父が眠っている谷中天眼寺の墓域には、信濃の儒者太宰春台の墓があった。二段くらいに重ねた敷石に四角い墓柱がのっただけの簡素で何ひとつ装飾も紋所もないもので、アキラが父の法事で立寄る季節には、薄ッすらとこまかい苔《こけ》が墓石を覆《おお》った。

アキラはこの墓が好きだった。父の墓に詣《もうで》る折には、すこしまわり道をして太宰春台の墓の前に佇《た》った。

春台は、畿内を遊学したのち江戸に戻り、古文辞学派の祖、荻生《おぎゅう》徂徠《そらい》に弟子入りした。徂徠門下の屈指の存在だったろうが、特に経済についての学は並ぶものがなかったろう。それは春台の著書『経済録』をみれば明らかだ。

アキラは春台というペンネームに惹《ひ》かれた。「春台」というのは、たぶん〈春のひろ野〉という意味に違いない。彼は故郷のみすずかる浅間や八ヶ岳から吹きおろす風がたまる安曇野《あずみの》の春を懐かしんで「春台」というペンネームを名告《なの》ったのではなかろうか。

アキラは学校を中退して母親を扶けてヘンミ・スーパーを手伝う

ことを決めた日から、父親が勤め帰りの人たちのコップ酒の片隅に凝ったように、「春台最中《もなか》」を造って店の片隅で販《う》ろうと思った。

餡《あん》はうぐいす豆とミルクとバターを練り合わせ、砂糖を隠し味に塩味にするか、塩を隠し味に砂糖味にするか、この二種類とする。いつの日かヘンミ・スーパーの特製品として。

明治の銀行家渡辺治右衛門は、この坂のうえに住んでいて、娘は谷中小町と評判の美人だった。

アキラは「春台最中」の評判を谷中小町に重ねて夢みる。だが直ぐ会長さんを想い起こして打ち消した。

名物は地味なほど美味しいと思う。

手の挿話

上野の山下をおりて広小路の交叉点《こうさてん》へ行く途中で、銀行ビルの石柱のかげに、いつもおばさんの手相占《うらな》い師が出ていた。わたしより四、五歳年上とみえ、地味な和服姿だった。子供が二人くらいいる普通の家庭の主婦のように思えた。

京成青砥にあった会社の帰り、少し改まって上野で同僚と酒を飲んでほろ酔い機嫌《きげん》になると、時々このおばさんに手相をみてもらった。

少し馴染《なじみ》が深くなると、「あなたはそこそこやってるじゃないですか」というのが定《き》り文句になった。何がそこそこなのか、会社勤めか、女性関係か、金銭上のことかわからなかったが、そこそこの日常ならたくさんだと思っていたので、何がという詮索《せんさく》もしないで満足していた。

ある時、先輩すぢの化学者に誘われて上野の盛り場のすぐ裏のおでん屋さんで熱燗《あつかん》を飲んでいい気持ちになると、この先輩をうながして、例の占いのおばさんの前に立った。

「この人遠慮はいらないから言いたい放題いってみてや」とからかうと、おばさんは左の手の掌《たなごころ》をみて右の手の掌をみくらべると直《す》ぐに「あなたのお子さんのひとりは身障者ではありませんか」とズ

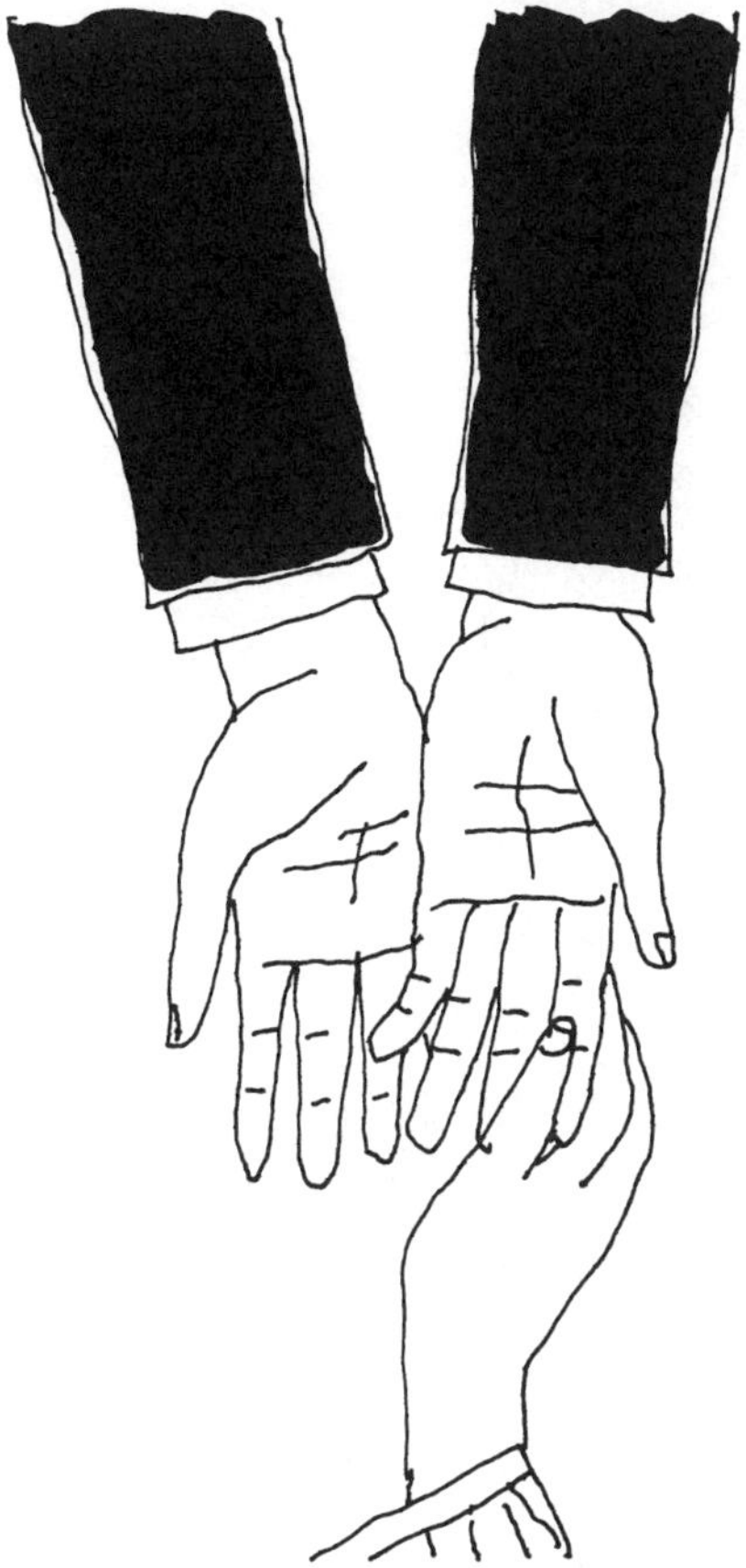

バリ言った。もうひとつ「あなたは女性にとてももてている」とつけ加えた。

わたしはどちらも知っていたのでうなるほど感心した。

先輩の化学者は黙っていたが驚いているのが直ぐにわかった。おばさんのそばを離れると「子どもが身障者だと言い当てられたのは二度目だよ。一度目はインドで占い師に手の掌をみてもらったときだ」とびっくりした声で言った。

彼は五十代で早く亡くなったが、わたしは宮沢賢治の『セロ弾きのゴーシュ』という童話を思い出すとき、いつもこの先輩化学者を思い起こす。

彼は亀の甲ベンゼン核の分子には、舟型と椅子型のほかにゴーシュ（捩《ねじ》れ）型がありうることをはじめて発見した化学者だった。「着想だけは一流ですね」と冗談を言うと「きみも口の悪いのだけは一流だよ」と、彼は笑った。

わたしが「文学の研究は頭で考えるものだが、文芸批評は手で考えるものだ」という文句を思いついたのは、この占いのおばさんとその前で手を差し出した先輩化学者のその時のイメージからだった。

手は独りで生きていて、考えているものだ。そう思った。

坂の上、坂の下

冬はじめの午後五時は、もう薄ら闇につつまれていた。西の空がわずかに残りのひかりをあげている。

男は坂の上から傾斜に沿ってひろがる街筋を眺めるのが好きだと言って遠い眼をすると、わたしを物影に追いやるような手つきをして、谷中商店街を見下ろす急な階段の上で佇《た》ちどまった。

こんな表情になったら、男を放っておくより仕方がない。

わたしは階段の二段目のところに腰を下ろして、煙草をとりだした。商店街の背景には駒込台の木立《こだち》や家並みがシルエットの黒になって、薄明るいだけの空の下にもり上っている。

学生時代、はじめて家を出る男の言うままに、この坂上に佇ったとき、思わず「此処《ここ》だ」と口のなかで声を呑んで、彼と顔を見合わせたときのことを思い出す。

男はこの商店街の外れを右に曲ったところに下宿を決めた。男はそのときの思いにふけるかのようだった。

コロッケばかり夕食代りに喰《た》べつづけて胃が痛みだしたとき、商店街の薬局の小父さんは、これを二、三日飲んで痛みがとまらないようなら、医者に行かれたほうがいいと思います。たぶん治ると思いますよ、といって「コランチル」という商品名の粿粒《かりゅう》をくれた。

たしかに数日で痛みはとれた。それから馴染客《なじみ》になった。

手の指と爪のまわりが、はれて痛み出したときは、化膿菌が入りこんだせいと思って見せると、これは水カビの仕業だと言って、「トリコマイシン」の軟膏《なんこう》をくれた。寝《ね》に就《つ》くころには、もう痛みはなくなった。男は薬局の小父さんをほとんど信仰した。

二つの女性の影が通り過ぎる。

ひとりの女性には不倫を仕掛けて下宿の部屋で共棲《きょうせい》しながら、この商店街を往き来した。

まるで修羅街であるかのように、男の脳裏には暗く映った。お茶屋の小母さんだけが、まるで新婚の幸福な若いカップルをいたわるような優しさと親身で対応してくれて、男の苦しみや迷いを和らげてくれた。

もうひとりの女性は、男の下宿を出た道の角の竹籠造りの店先にときどき姿をあらわした親戚のセーラー服姿の美少女だった。

後年、「未生流《みしょう》」の活《い》け花とお茶の宗匠に嫁いでいた女性と再会した。茶室に案内してくれたとき、懐かしい竹籠のかかった柱に桔《き》梗《きょう》が活けてあった。竹籠は丈夫で何百年ももつんですのよ、といってひとの生涯より永く生きる竹籠に向けて侘《わび》しそうな顔をした。平凡な古典研究者になっていた男の余技といっていい発見は、この女性の連想から生れてきていた。

森鷗外の『青年』の主人公が上京してきてはじめて決めた下宿先の老女と、そこに出入する娘の家は、ここをモデルにしたにちがいない、男がそう信じた家は、谷中螢坂の片方が崖になった細く右に曲って商店街に出る道のつき当りにあった。

平凡な古典学者である男は鷗外の『東京方眼図』の余白にひそかに自分だけに通じる幻の※印をつけた。

空想がここで途絶えた。

おい行こうよ、と男に声をかけ、階段を下りはじめた。

濃い闇が、男の顔を愁《うれ》わし気にしている。

あとがき

この本は、台東上野の商店の「結《ゆい》」である「上野のれん会」の雑誌『うえの』や『週刊新潮』などに時として掲載された小品をまとめてひとつにしたもので、青春出版社の中山圭子さんが収集されたものである。地縁と機縁によって成立ったものだと言ってよいとおもう。未発表の短文も二つほど混っている。

校正のとき一読したが思っていたよりも重たいなというのが

感想だった。まだまだ随筆を書いておさまりかえる柄でもないなというのが感想だった。

地縁を核にして弱いわたしの足も方《ほう》五百米《メートル》くらいには拡がったような気もしている（自転車も含めて）。中山圭子さんをはじめお世話になった青春出版社の方々にお礼申上げる。

よき新年でありますように。

吉本隆明記

〈初出一覧〉

本書は二〇〇三年二月に小社より『日々を味わう贅沢』として四六判で刊行された作品を改題し、新書判として出版したものです。初出は左記の通りです。

四季の愉しみ　「うえの」二〇〇〇年二月号（原題「うえのの四季」）
上野のかたつむり　「うえの」二〇〇一年六月号
精養軒のビア・ガーデン　「うえの」二〇〇〇年八月号（原題「うえのの夏」）
ある夏の食事日記（抄）　「本の話」一九九七年十月号（原題「食事日記抄」）
自転車哀歓　書下ろし
新年雑事　「うえの」一九九八年一月号
墓地に眠る猫さんへ　「うえの」一九九六年一月号
おみくじ「兇」の年　「うえの」一九九三年十二月号
銭湯の百話　書下ろし
沖縄の舟大工さんの記憶　「うえの」一九九二年七月号（原題「やわらかい沖縄・かたい沖縄」）
ホームレスに想う平和の像　「うえの」一九九五年一月号（原題「上野界隈の半世紀」）
提灯のあかりに　「うえの」二〇〇一年一月号（原題「忘れ得ぬ上野の人々」）
三粒の木の実　同右

芋ようかんと殺気　「うえの」二〇〇〇年十二月号（原題「忘れ得ぬ上野の人」）
春の匂い　「文藝春秋」一九九九年四月号
イーハトヴの冬景色　「うえの」一九九〇年二月号（原題「賢治童話の風土」）
ヘンミ・スーパーの挿話　「週刊新潮」二〇〇一年九月十三日号
手の挿話　「朝日新聞」二〇〇〇年一月一日
坂の上、坂の下　「週刊新潮」一九九九年一月十四日号

なお、本文中の漢字・仮名遣い・表現等は、基本的に原本に則って表記しました。

本文挿画　三井卓夫
本文ＤＴＰ　センターメディア

青春新書 INTELLIGENCE

こころ涌き立つ「知」の冒険

いまを生きる

〝青春新書〟は昭和三一年に――若い日に常にあなたの心の友として、その糧となり実になる多様な知恵が、生きる指標として勇気と力になり、すぐに役立つ――をモットーに創刊された。

そして昭和三八年、新しい時代の気運の中で、新書〝プレイブックス〟にその役目のバトンを渡した。「人生を自由自在に活動する《プレイ》」のキャッチコピーのもと――すべてのうっ積を吹きとばし、自由闊達な活動力を培養し、勇気と自信を生み出す最も楽しいシリーズ――となった。

いまや、私たちはバブル経済崩壊後の混沌とした価値観のただ中にいる。その価値観は常に未曾有の変貌を見せ、社会は少子高齢化し、地球規模の環境問題等は解決の兆しを見せない。私たちはあらゆる不安と懐疑に対峙している。

本シリーズ〝青春新書インテリジェンス〟はまさに、この時代の欲求によってプレイブックスから分化・刊行された。それは即ち、「心の中に自らの青春の輝きを失わない旺盛な知力、活力への欲求」に他ならない。応えるべきキャッチコピーは「こころ涌き立つ〝知〟の冒険」である。

予測のつかない時代にあって、一人ひとりの足元を照らし出すシリーズでありたいと願う。青春出版社は本年創業五〇周年を迎えた。これはひとえに長年に亘る多くの読者の熱いご支持の賜物である。社員一同深く感謝し、より一層世の中に希望と勇気の明るい光を放つ書籍を出版すべく、鋭意志すものである。

平成一七年

刊行者　小澤源太郎

著者紹介

吉本隆明〈よしもと たかあき〉

1924年東京生まれ。詩人、思想家、評論家。東京工業大学工学部を卒業後、工場に勤務しながら詩作や評論活動を続ける。日本の戦後思想に大きな影響を与え、文学や芸術だけでなく、政治、経済、宗教からサブカルチャーに至るまで、あらゆる事象を扱う「知」の巨人である。2012年3月逝去。享年87歳。

代表的な著書に『言語にとって美とはなにか』（勁草書房）、『共同幻想論』（河出書房新社）、『心的現象論序説』（北洋社）。近刊に『老いの幸福論』（小社刊）、『真贋』（講談社）、『「すべてを引き受ける」という思想』（茂木健一郎氏と共著。光文社）などがある。

吉本隆明《よしもとたかあき》の下町《したまち》の愉《たの》しみ

青春新書
INTELLIGENCE

2012年9月15日　第1刷

著　者　吉《よし》本《もと》隆《たか》明《あき》

発行者　小澤源太郎

責任編集　株式会社プライム涌光

電話　編集部　03(3203)2850

発行所　東京都新宿区若松町12番1号 〒162-0056　株式会社青春出版社

電話　営業部　03(3207)1916　振替番号　00190-7-98602

印刷・図書印刷　製本・ナショナル製本

ISBN978-4-413-04372-4

東京で購入 2012年8月